edition monacensia
Herausgeber: Monacensia
Literaturarchiv und Bibliothek
Dr. Elisabeth Tworek

Oskar Maria Graf

Bayrisches Lesebücherl

Weißblaue Kulturbilder

Text der Erstausgabe von 1924

Mit einen Nachwort von Ulrich Dittmann

Weitere Informationen über den Verlag und sein Programm unter
www.buchmedia.de

Bibliographische Information der Deutschen Nationalbibliothek:

Die Deutsche Nationalbibliothek verzeichnet diese Publikation
in der Deutschen Nationalbibliographie;
detaillierte bibliographische Daten sind im Internet
über http://dnb.d-nb.de abrufbar.

Februar 2009
Allitera Verlag
Ein Verlag der Buch&media GmbH, München
Copyright © by Ullstein Buchverlage GmbH, Berlin
1924 erschienen im Langes Verlag, München
© 2009 für diese Ausgabe: Landeshauptstadt München/Kulturreferat
Münchner Stadtbibliothek
Monacensia Literaturarchiv und Bibliothek
Leitung: Dr. Elisabeth Tworek
und Buch&media GmbH, München
Herstellung: Books on Demand GmbH, Norderstedt
Printed in Germany ISBN 978-3-86906-005-7

Meinem geliebten Stammesvolk und allen jeweiligen Reichsministern zur gefälligen Information allerfreundlichst zugeeignet.
Der Verfasser.

Inhalt

Einstiges (verbotenes) bayrisches Nationallied 9
Bayrische Gehirnsubstanz 11
Wahl-Begebenheiten 14

Öffentliche Anlässe

Anno 1866 23
Wenn es wo brennt … 29
Politik 33
Kriegerdenkmals-Enthüllung 36

Privates

Handelschaften 43
Es stirbt wer … 48
Die Kur 51
Der Held 54
Wart' no …! 58
Die verdorbene Primiz 62

Inflation

Einführung 71
Mir fehlt nix … 73
Das Fahrrad 75
Einen Jux will er sich machen … 78

Liebschaften

Bartholomäus Pichelsrieder liebt … 83
Liebet einander … 89
Liebes-Spasseteln 92
»Holde Eintracht — —« 94

Bayrische Frömmigkeit

Andachts-Idyllen 101
Leben und leben lassen … 103
Unser Glaube 105

Kleine Volksbelustigungen

Die Watschn 109
Der Leberkäs' 111
Harmloser Zeitvertreib 113

Nachwort 119
Editorische Notiz 124

Einstiges (verbotenes) bayrisches Nationallied

I.

Und auf den Bergen wohnt die Freiheit!
Und auf den Bergen ist es scheen.
Ja wo des König Ludwigs zweiten
alle seine Schleesser stehn …

II.

Mit Chloriformen und Bandaschen
traten sie behendig auf.
Nach Schloß Berg ha'm sie ihn hingefahren.
Dorten endet dann sein Lebenslauf ….

III.

Doktor Gudden und der Bi—ismarck,
den man auch den großen Kanzler nennt,
haben ihn in'n See 'neig'ste—essen,
indem sie ihn von hinten angerennt ….

IV.

Feiger Kanzler, Deine Scha—ande,
traget Dir ganz g'wiß kein Ehrenreis.
Du trafst ihn nicht in'n offnem Ka—ampfe,
wie 'd üns der Rippenstoß von hintenher beweist …

V.

Und auf den Bergen wohnt die Freiheit!
Und auf den Bergen ist es scheen.
Ja wo des König Ludwigs zweiten,
alle seine Schleesser stehn.....

Bayrische Gehirnsubstanz

Wenn andere Regierungen und Menschen nach Bayern kommen und es geschieht etwas — ganz gleich auf welchem Gebiet — so wird ihnen das stets rätselhaft vorkommen. Das ist auch ganz in der Ordnung. Bayrisches Handeln, bayrische Auffassung, bayrisches Denken, bayrische Logik und bayrischer Geist sind etwas ganz anderes, als diese Begriffe ohne den Zusatz »bayrisch«. Und weil es schlechtweg unmöglich ist, bei dieser Erläuterung überhaupt mit solchen Bezeichnungen — ist ihnen nun einmal das »bayrische« weggenommen — zu hantieren, weil wir ein Volk sind, das in allem, was es tut, denkt, spricht und lebt, von altersher und aus einem Instinkt, der ebenfalls für einen Un-Einheimischen schwer zu erklären ist, sein Reservatrecht gewahrt hat, so gibt es nur Beispiele dafür. —

Hier einige:

I

Als man seinerzeit unseren unvergessenen König Ludwig II. aus dem Starnbergersee zog, wurde das — obwohl der Unvergessene eine Leiche war — von höchster Regierungsstelle als hervorragende Lebensrettung aufgefaßt. Der betreffende Fischer bekam jedenfalls die goldene Rettungsmedaille. —

Ich bin neulich mit einem Fischer, von dem ich annahm, er wäre der Inhaber dieser hohen Auszeichnung, über den See gefahren.

Ich fragte: »Gell Jakl, Du host seinerzeit d'Rettungsmedaille kriagt, wia man an König rauszogn hot..?«

Darauf der Jakl: »Nana, i net! .. Der Maxl! Und der hot's aa net kriagt ... Der Lemml hot's kriagt ...«

II

Die Linie 26 hält direkt vor dem Schwabinger Krankenhaus. Ein Mann mit einem verbundenen Arm in der Schlinge kommt heraus und steigt in den Wagen. Der Schaffner mustert ihn einige Augenblicke, dreht sich hinum, dann herum.

»Kemma Sie vielleicht aus'm Schwabinger Krankenhaus..?«
Der Mann: »Ja...«
»Drum... Drum...«

III

Ich gehe in ein Haus und suche ein Fräulein Ball. Nachdem ich nichts gefunden habe, klopfe ich auf gut Glück an irgendeiner Tür. Eine Frau öffnet.

Ich frage: »Wohnt hier in dem Haus vielleicht ein Fräulein Ball..?«
»Nein... I woaß nix...«
»Könnte es vielleicht sein, daß die Dame hier irgendwo möbliert wohnt und die Karte nicht ausgehängt ist..?«
Die Frau, erst nachdenklich, dann rascher: »Ja—a—a... Im zwoatn Stock wohnt a Frau. Dö vermietet... Meinen Sie vielleicht an Herrn Lehner...?«
Unwillkürlich muß ich lachen. Die Frau wird mürrisch, erwidert unverfälscht bayrisch: »No, wos frog'ns denn nachha...!« und schließt brummend die Tür...

IV

Ein Mensch, der absolut kein Fahrrad stehen sehen kann, hat sich wegen eines solchen Diebstahls zu verantworten. Nach langem Hin und Her hat ihm der Richter ein Geständnis abgerungen und fragt nun etwas milder: »Na, warum haben's denn nachher das Rad gestohlen..?«

Der Mann, ziemlich mürrisch: »Wos loßt' er's steh'n...!« — — —

V

Bei einem Schneesturm warf es etliche Telegraphenstangen um und der elektrische Hochspannungsdraht hing bis in die Straßenmitte herein. Mit anderen Kirchengängern kam auch der Alois Weglehner vorüber, packte die Drähte und wollte sie bei Seite werfen. Das kostete ihm auf grauenhafte Weise das Leben.

»Tja! .. Jetz sowos, hahm—hm—hm—hm, sowos!« machte der Neuchl fort und fort und die Anderen standen fassungslos und kopfschüttelnd da.

»Ja—ja—ja! Um Gottswilln! Um Gottswilln!« schrie die herzukommende Weglehnerin laut auf und rang die Hände: »Um Gottswilln! .. Es härt net auf! — Vorigs Johr der ganz Wurf Fakl, nachha der Schimmi — im Stoi in oan furt nix ois Unglick und jetz dös — jetz dös! .. Um Gottswilln, um Gottswilln, jetz dös!!«

VI

Was würde beispielsweise in Norddeutschland oder sonst in einem Land passieren bei einem derartigen Fall, wie dem nachstehenden?

Es würde sicher nicht bei bloßer Entrüstung bleiben. Womöglich käme es zu weit mehr. Wie gemütlich ist man dagegen bei uns in Bayern! —

Der Schleim-Toni von Irschenbach hat es durch allerhand dunkle Machenschaften zu einem auffallenden Reichtum gebracht. Er zeigt das auch bei jeder Gelegenheit, er sagt's und gibt es zu erkennen, wo und wann es nur geht. —

Neulich saß er mit dem Viehhändler Ederinger beim Moderbräu, vorn, am weißgedeckten Tisch. Die Beiden unterhielten sich mit deutlich erkennbarer Absicht sehr laut über Häuserhandelschaften und nannten in diesem Zusammenhang Summen, die jetzt — nach dem bedauerlichen Ende der Inflationszeit — auf jeden der anwesenden Bauern aufreizend wirken mußten. Und dabei bestellten sie, während alle Gäste bescheiden ihr Bier tranken, in einem fort Wein und schließlich sogar Sekt. Wie Wasser tranken sie beides. Mißgünstig und mit unterdrückter Feindseligkeit schauten die Bauern herüber auf die

Flaschenparade. Sie sagten zwar nichts, umso beredter aber waren die Blicke, die sie einander zuwarfen.

Schließlich erhob sich gar noch der Ederinger, wankte ein wenig und sagte heiser zum Schleim-Toni: »Geh weida, zoi dö Kloanigkeiten! .. Mir werdn scho wieda einig ...«

Und ohne weiteres rief der Toni dem Davonwankenden nach: »Geh no zua! .. Wega dera lumpertn Zech' red't ma ja gor net ...«

Dann bezahlte er laut und provozierend sichtbar die Riesenzeche, erhob sich schwankend, nahm etliche halbleere Flaschen in die massigen Finger, lachte herablassend verächtlich und trug sie zu den Bauern hinüber, stellte sie hin und sagte: »Do! ... Sauft's ös, daß'ts aa amoi wißt's, was guat is ..!«

Und was ereignete sich dabei Verwunderliches? Die Bauern schauten auf die Flaschen, blickten auf den Toni und sagten einige Augenblicke nichts.

»Sauft's ös no! ... Kost't nix ..« meinte der Toni und langte die zwei Weingläser von seinem Tisch herüber, goß sie ein: »Do ..«

Dann ging er. Glücklich konnte er die Türe noch zuziehen. Eine ganz kurze Pause setzte ein. Unschlüssig schüttelten einige Bauern den Kopf.

»Hm! .. Der Protz'!« brummte der Leringer, nahm ein Weinglas und trank es aus.

»Wenn Bettl-Leid auf a Roß' kemma, konn's der Teifi derreitn ..« murrte der Erglberger und trank das andere Glas Sekt aus, stellte es hin, schleckte sich mit der Zunge den Bart ab und rückte Flasche und Glas dem Mugg-Andres hin: »Is a so net schlächt! .. Und g'süffi ...«

Soweit es reichte, versuchte jeder und machte eine abfällige Bemerkung über den Schleim-Toni. Dann erging man sich in allgemeinen Betrachtungen über das Weintrinken.

Das war alles ....

VII

Ob man wo anders auch so erpicht auf den Refrain ist, weiß ich nicht. Unser wackerer Volksstamm ist absolut dafür eingenommen. Die Hauptsache bei unseren Unterhaltungen ist das ständige Wiederkehren eines einmal ausgesprochenen Satzes. Sagen wir zum Beispiel, es erzählt einer am Biertisch, daß der Bub von seinem Nachbarn das Klavierspielen lernt. Die Antwort wird sein: »Soso, Klavierspielen lernt er ...« Dieser letztere Satz mag nun meinetwegen ganz flüchtig hingeredet werden, es ist vollkommen gleichgültig, ob er auf die fernere Unterhaltung Bezug hat oder nicht, diese kann dauern, solang sie will, kann längst schon darüber hinweggegangen sein und von etwas ganz anderem handeln, von der Viehzucht, von den neuen Steuern, vom Häuserhandeln, vom Heiraten oder von sonst was — wie ein zauberhafter Refrain wird aus dem Munde irgendeines der Unterhaltenden bei Gelegenheit einer — sagen wir — stimmungsvollen Atempause immer wieder der schöne Satz hervorbrechen: »Soso, Klavierspielen lernt er ...«

Das liegt nun einmal so in unserer Natur. — —

VIII

Anläßlich der Verhaftung Hitlers.
»Jetzt hob'ns iahm d' Haftl einig'haut ..«
»Wen denn ..?«
»No ... an Hitla .!«
»So.«
»Jetz macha's iahm an Prozeß ..«
»Wia dös ..?«
»No .. g'frogt hot er net ..?«
»Wia dös? .. G'frogt ..?«
»Noja! .. G'frogt hot er hoit net! ... Wenn mir a Gemeindeversammlung hobn, na werd doch aa z'erscht eingsogt ...«
Der Andere befriedigt murrend: »Ja ebn, ebn! ... So macha's sie's oiwai! ... Do frogns net und frogns net — bloß gschnell, gschnell .. Und z'letzt woaß koa Mensch wos davo ... »

Nach Gründen fragt man bei uns nicht sonderlich. Unsere bayrische Völkerschaft ist mehr für Betrachtungen. —

Wahlbegebenheiten einst und jetzt

I

Einst.

So ists dazumal zugegangen bei den Reichstagswahlen in unserm Gau, wie wir noch ein Königreich gewesen sind:

Beim Hochamt, am Sonntag in der Predigt hat es der Pfarrer gesagt, daß wir beim Herumgehen um den Altar, bei der Opferung, vom Meßmer Beischl die Stimmzettel haben können. Jeder soll angeben, wieviel wahlberechtigte Mannsbilder in der Familie sind, damit er gewissenhaft versorgt werden kann. Das war praktisch und einfach. —

Einmal aber war es recht ärgerlich, dieses Wählen. Nämlich gerade auf einen Mittwoch haben diese Malefiz-Regierungsinstanzen den Wahltag festgesetzt. Schließlich — bockbeinig hat keiner sein wollen — soviel mir erinnerlich ist, schickte jede Familie ihr Mannsbild mit den Zetteln nach Allkirchen zum Wahl-Akt. Der allererste, der zum Postwirt hineinging und seine Pflicht tun wollte, war der Ederergirgl von Buchberg mit seinen drei Zetteln.

Und was passierte da nicht? —

»Einzeln!« hieß es: »Einzeln muß jeder seinen Stimmzettel abgeben, sonst gilts nicht!«

»Einzeln!« schrie auch unser Schullehrer.

»Wo—wos? ... Oanzeln? .. Ja — i bin ja alloa?« meinte der Girgl verblüfft und als der Schullehrer erklären wollte, fing der Veteranenhauptmann Hungerer mit einer exemplarischen Zurechtweisung an.

»Wos?!« schrie er: »Sie Schreiberknecht, Sie windiga! .. Wos? .. Oanzeln? .. I bin dreizehn Johr Veteranahauptmann und werd' wissen, wia sowos zuageht! .. Mir werdn jetz glei oisamm d'Arbat liegn loßn und rauflaafa zu dera lumpertn Wahl! Dös kinnts enk denka! ... Wos glaabts denn ös! ... Do nehmts jetz dö Zetteln, daß a Ruah is!«

Vergebens versuchte sich der Schullehrer verständlich zu machen. Alle Bauern waren ins Wahllokal gedrungen. Die sonstigen Wahlhilfskräfte wollten belehren und kamen immer wieder mit ihrem »Einzeln!« daher.

»Wos! ... Hoit d'Votzn mit dein ›Einzeln!‹ .. Herrgottsakramentsakrament! Jetz is an Feld drauß'n sovui z'tuan und jetz hoitn oan dö plärrmailertn Teifin a no auf mit iahnana Scheißwahl do!« wurde der Strobl von Lermbach ungemütlich und auch der Hungerer konnte nichts mehr zur Besänftigung tun.

»Mir scheißn auf enker Wähln!« bellte der Hingerl und warf seine Zettel dem Schullehrer ins Gesicht.

Der Wachtmeister Betzelbacher wollte seiner Pflicht genügen und die sämtlichen Wahlhelfer wußten nicht mehr aus und ein. Es half alles nichts.

»Schindluada loßt ma treibn mit üns!« plärrte der Kurbel: »Auf d'Votzn loßt ma üns naufscheißn, für dös, daß ma dö Laaferei do rauf hob'n!«

Und jeder schmiß seine Wahlzettel den Schreibern ins Gesicht.

»War doch im Gemeindekasten ausg'hängt!« trillerte der Schullehrer mit gespaltener Stimme, aber es war schon vorbei mit der Gemütlichkeit.

»Dei Krampfkastl! .. Dös kannst du vollschreibn! ... Mi lecks am Orsch mit enkern Wähln!« bellte der Hingerl abermals und nur der Initiative Hungerers war es zu verdanken, daß die ganzen Bauern ohne besondere Gewalttätigkeiten das Lokal verließen und schimpfend heimgingen.

»Jetz hob'n mir doch oisamm gleiche Zettel g'habt? .. I woaß's gor net, wos dö damischn Teifin hob'n? .. D'sakrament—sakrament, seiner Lebtog wähl i nimma!« konnte sich der Kurbel nicht beruhigen, als er mit dem Hingerl ins Dorf ging. —

II

Jetzt

So war es also dazumal. Jetzt ist es ganz anders.

Heutigen Tages, lieber Wanderer, kann es Dir passieren, daß Du nach einem Fußmarsch in einer Dorfwirtschaft Labung suchst und auf die gemütlichste, bayrische Art und Weise »ignoriert« wirst. Beteuerst Du beispielsweise, Du seiest doch auch Deutscher, so kannst

Du vom Wirt oder von irgendeinem unserer prominenten Einheimischen die stereotype Antwort erhalten, die er notabene nicht zu Dir, sondern zu den anderen Einheimischen sagt: »Hja—hm! ... A Daitscha is a? ... Daitsch, sogt a, is er ..? .. Und red't daher wia zwoamoi a Pollak! .. Tha, Daitscher is er ..?«

Denn Du mußt denken, wer nicht redet, wie man bei uns spricht – und sei's auch nur im Tempo! — der gehört nicht zu uns, was soviel heißt, als: Er ist Ausländer. — —

Heutigen Tags ists nicht mehr so, daß wir in der Kirche unsere Wahlzettel bekommen. Erstens bekommt sie der Hauptmann Ammetsberger vom Kyffhäuserbund zugeschickt und verteilt sie, zweitens schickt uns die Landwirtschaftliche Genossenschaft der Bauernvereine Zettel und außerdem haben wir jetzt unsere Zeitungen und Versammlungen.

Jetzt wählt man, weil man seine Interessen kennt. Feierlich war es, als die vierhundert Klosterschwestern nacheinander ihre Wahlzettel abgaben. Vierhundert? Sowas ist ein richtiger Schwung. Der Hungerer und der Ammetsberger haben neulich angeraten und kamen auch durch mit ihrem Vorschlag, daß man mit Blechmusik gen Allkirchen marschieren soll.

Aber was am allerschönsten ist, das sind die Versammlungen zu jetziger Zeit. Zum Beispiel hat ihnen erst neulich der Versammlungsredner von uns wieder die Leviten gelesen, den Stadtleuten, weil sie in einem fort schreien »Preistreiberei!«

»Preistreiberei?« hub er an: »Das möchten wir uns denn doch schon verbieten! ... Ünsern chrischtlichen Bauernstand wirft man vor, daß mir die Stadtkinder aushungern wollen, weil mir Preistreiberei mit der Milch machen? ... Ja da muß ich denn doch schon fragen: Haben mir ihnen vielleicht angschafft, daß sie soviel Kinder auf d'Welt setz'n solln ...?«

So einer kennt ünsere Interessen. Den wählen wir! —

III

Ja, das muß man ihr lassen, der Revolution: Sie hat auch unser privates Volk politisiert. Wir haben die Zeit der Wahlkämpfe. In jeder Wirtschaft kannst Du politische Diskurse führen.

»Dös is doch koa Regiererei nimma! Dös is eppers und gor nix!« schimpft ein fülliger Dienstmann mit seiner breiten Stimme: »Der Hitla hot ganz rächt! .. Ausgraamt ghärt mit derer ganzn Bagasch …! … Trog i den Fraunzimmer, den norddaitschn, ihran Koffer auf d'Bahn, geh a guate Viertelstund und schlepp ois wia'r a Lastesel und wos sogt's net..? .. Wos sogt's net, dös Saumensch, dös dreckert! .. Do pollisch Jidin, dö pollisch! .. Wos sogts net?! .. Eine Mark, sogts, das is doch weit iberbezahlt! … Iberbezahlt, sogts, dö Ausländerin, dö windige! .. Aba i bin ihra scho kemma mit Ihrem Iberbezahlt …« So geht es weiter und zum Schluß hörst Du wieder jenen gewaltigen Brustton der Überzeugung: »Dös san bloß d'Judn..! Ganz rächt hot er, der Hitler..! Mir braucha an Diktata, der wo richti ausraamt …«

In München prangt seit einiger Zeit an den Litfaßsäulen ein grausliges Plakat: Vier entsetzte Ritterköpfe ragen aus einer Mauer, darunter steht in dicken Lettern »Raubritter vor München, Valentin, Karlstadt, Wenninger, Flemisch« und bedeuten tut das eigentlich ein Theaterstück, das unser bester Komiker Karl Valentin jeden Abend in den Kammerspielen zur Schau stellt. Daneben oder darunter klebt ein anderes, kleineres Plakat: »Bayern! Deutsche, erkennt die Gefahr! Es geht ums Letzte!« Und aufgefordert wird am Schluß: »Darum steht zusammen wie ein Mann und gebt Eure Stimme der Bayrischen Volkspartei!«

Ob diese Zusammenstellung Zufall oder Absicht ist? —

Neulich stand ich vor einer Litfaßsäule und neben mir stand ein Mann mit tiefernstem, vaterlandsbesorgtem Gesicht. Er schaut mich an, schaut das Plakat mit den grausligen Raubrittern an und brummt dann: »Hm, jaja! So is's scho! … Genau solcherne Schlawiner mächtn jetz wieder an's Ruader bei uns! .. Woaß der Teifi wos für ane Pollakn, bloß koane Bayern! .. Ganz rächt hot der Hitler! Ehvor net richtig ausgraamt werd, werd's net besser! … Genau so is's, ja! .. Dös reinste Raubrittergsindl mächt unser Boarnlandl regiern …«

Ich habe ihn in stummer Ehrfurcht angesehen, diesen echten Sohn unserer Völkerschaft. In seine etwas herausquellenden Augen schaute ich und in sein sachliches Gesicht. Er hat mich vollkommen davon überzeugt, daß für unsereinen alles was außer uns lebt »Raubritter vor München« sind …

IV

Gestern traf ich meine Milchfrau. Ein äußerst interessiertes Weiberl ist sie. Wir kommen auf die Politik und selbstverständlich auf die erst kürzlich stattgefundene Landtagswahl zu sprechen.

»No, was haben's denn nachher g'wählt, Frau Bichler, hm? .. Etwa gor an Sozi?« frag ich neugierig.

Und gemütlich erzählt mir die Milchfrau: »Ja — — Sie, i woaß's fei gor net, wos i eigentlich g'wählt hob … An Wahltag is d' Frau Helmersberger und d' Zenzl von Gmüasgschäft dog'wesn und hobn mir a Kuvertl geben und nachher san mir alle drei ins Wahllokal numglaafa und do hob i mei Kuvertl hergebn … I kunnts iahna wirkli net sogn, wos i eigentli g'wählt hob …«

V

Die Efingerfanny, aus Rheinmoos gebürtig, hat noch nie nichts mit dem Gericht und der Politik zu tun gehabt. Sie ist jetzt das zwölfte Jahr bei der Frau Apotheker Heinrieder an der Ecke Leopold- und Georgenstraße im Dienst. Jeden Tag geht sie in die Frühmesse und da haben die Weiber zu ihr gesagt: »Fanny, diesmal müssens fein zur Wahl gehen, ganz gwiß.« Die Fanny wär nicht hin, aber die Frau Apotheker Heinrieder hat es ihr auch gesagt, daß das heuer Pflicht ist. Die Fanny ging zum Wahllokal und da bestürmten sie die verschiedenen Zettelausteiler. Jeder steckte ihr einen Zettel zu. Ganz und gar verwirrt wurde die Fanny und fragte jedesmal: »Ja — ja — —? Nachher soll ich also den auch noch abgebn, meinens ..?« und der Mensch da sagte also drauf: »Ja den …«

Jeden Zettel nahm die Fanny. Sie ging ins Lokal und kam heraus.

»Na, was habens denn jetzt gewählt, hm ..?« fragte sie der vorlaute Sozi gleich vorne an.

»Ja — g'wählt? … Ja, der Herr hot mir an Zettel gebn und der da hinten und der dortige auch und dös Fräulein da und Sie … und dö hab ich halt alle abgeben drinnen,« antwortete die Fanny schlicht darauf. Sie war immer eine friedfertige Person, die ganzen zwölf Jahre, die Fanny. »Wer jedem etwas gibt, macht es jedem recht« — konnte sie denn anders handeln als bayrisches Landeskind, dem wo der Frieden über alles geht …? —

Öffentliche Anlässe

Anno 1866.

(Aus »Die Chronik von Flechting«.)

Der Weltkrieg war nicht bayrisch. Darum haben wir ihn auch verspielt. Anno 70, der war schon eher was. Aber der richtige bayrische Krieg, das war der anno 66. Den haben wir gar nicht verspielt, wie immer gesagt wird, den haben wir bloß aufgegeben. Aber ist es nicht schön genug, daß sich die Preußen gleich darauf mit uns verbündet haben? Wir haben bloß gedroht anno 66, aber das haben die Norddeutschen gleich gekannt, daß es am besten ist, man gibt nach und wird handelseins mit uns. Das ist unsere allgemeine Ansicht über diesen Krieg. Und so war es dazumal:

Der Postillon, der jeden Tag von Pfriembach über Riemling und Flechting nach Rauschenbach fuhr und immer vor unsrer Posthalterei anhalten mußte, brachte eines Tages königliche Erlasse für den Bürgermeister Hirlinger mit. »Dringend! Zur sofortigen Bekanntmachung!« stand in großen, fetten Lettern auf den braunen Umschlägen. Der Posthalter Renkmair musterte sie interessiert.

»Z—Rauschnbach sog'ns, an Kriag gibts! ... An Bundesrat sans inananander kemma,« sagte der Postillon beiläufig.

»Jaja ... dös werdn hoit dö Erlasse sei ...,« meinte der Renkmair bedeutungsvoll und ging gleich darauf zum Bürgermeister Hirlinger ins Oberdorf hinauf.

»Do, dös is vom Ministerium kemma ... hängs nu glei aussi a's Gemeindekastl,« sagte er zum Bürgermeister und der öffnete die Briefschaften. Verordnungen, die die sofortige Mobilmachung im ganzen Lande verkündeten, waren es. Der Gendarm Blinzlinger, der eben zur Tür hereinkam, war direkt beleidigt, weil man ihm diesmal so wenig Aufmerksamkeit entgegenbrachte.

»Kriag is erklärt gega dö Preißn! Brauchts ös net lang lesn! Hängts es no naus! Dös is d'Mobilmachungsordre!« rief er unvermittelt und sehr laut.

»Wos sogst ..?« fragte die Hirlingerin in der Tür und ging dann vollends in die Stube. Der Gendarm war schon wieder ganz gehoben. Er hatte seinerzeit im Dänischen Krieg als Freiwilliger bei Düppel mitgefochten.

»Da Kaisa und da König vo Preißn hob'ns si z'kriagt!« .. Da Preiß wui nimma parriern, drum gehts o gega dö Hammin!« erläuterte er: »Ois muaß ei'rucka, wos militärpflichtig is .. » Posthalter, Hirlingerin und Bürgermeisterin schauten ihn an und sagten: »Soso ..!«

»Wega Schleswig-Hoistein werd's hoit hergeh,« meinte der Renkmair dann: ... Jaja, i hob scho oiwai sowos g'härt ...«

»Und weil dö Saupreißn oiwai dös erst' Wort redn mächtn an Reich!« ergänzte der Gendarm.

»Dö Sauteifin, dö graislinga!« ... Kriag'n net gnua, ha ..? .. Fanga oiwai wieda o!« bekundete die Hirlingerin.

»Aba dösmoi san' ma nimma so dappi und loß'n üns d'Köpf derschlog'n wegn iahnern notinga Schleswig-Hoistein, iahnan lumpertn Gmüasgartn, iahnan lumpertn — dösmoi gibts a strengs G'richt!« erläuterte der Blinzlinger.

»Ja — na hängs no glei naus, dö Verordnunga,« meinte die Hirlingerin inbezug auf die Ministerialerlasse zum Bürgermeister und der ging aus der Stube, vor ans Gartentürl, zum Gemeindekasten und heftete die Blätter hinein. Der Kragerer fuhr gerade vorbei mit einem gebogenen Mistwagen und trieb die Ochsen an.

»Kriag is!« schrie ihm der Bürgermeister zu.

»Kriag? .. Noja, soll'n no a so furtmacha!« brummte der mißmutig und kümmerte sich nicht weiter um den Schreier.

»Dei' Franzl muaß doch furt!?« rief, ärgerlich über diese Gleichgültigkeit und zutiefst in seiner Bürgermeisterwürde verletzt, der Hirlinger.

»Freili ..! — Waar ja net ganz, wenn's net oiwai daherkemmertn, wenn dö meist' Arbat do is, dö Hammi'n, dö großgschellten (großkopferten) ..!« gab der Kragerer zurück und schrie seine Ochsen an: »Hüa! Hüa! Kratn verreckte! Hüa ..!«

Beleidigt schlug der Bürgermeister das Kastentürl zu und tappte ins Haus zurück. —

Hingegen als Zeichen, daß es diesmal keine Flausen mehr gab, gingen der Raffinger-Feschl und der Franzl in Sonntagsgewändern mannhaft die Dorfstraße herauf, auf die Bätzwirtschaft zu.

»Gib üns a Bier, Bätz! .. An Kriag gehts!« schrieen sie schon von weitem und der Wirt, der gerade das nasse Laub zusammenfegte, drehte sich um und fragte neugierig: »Wos? .. An Kriag? .. Ja do hot ma doch nia wos g'härt? ... Und ös müaßt's jetz fürt? .. Ja, wia kimmt denn jetzt dös ..?«
»Gegn dö Preißn gehts!« erwiderte der Franzl fidel: »Dö kriagn amoi richti Prügl«.
»Soso-soso .. Soso, gega dö Preißn .. soso-soso ..« sagte der Bätz und ging mit den zwei Burschen in die Wirtschaft hinein.
Sichtlich zufrieden, mit gelassenem Schritt, ging kurz darauf der Posthalter aus dem Bürgermeisterhaus. Vor dem ehemaligen Baurhammerhaus, das schon seit langer Zeit einem Konrektor Kernaller gehörte, blieb er stehen und schaute auf ein offenes Fenster im ersten Stock. Mit aller Hast stieß Kernaller eine große schwarze Fahne heraus und band sie — so schnell es nur ging — ans Fensterkreuz.
»Dö deutsche Rindviehcha! Dö deitsche ..!« knurrte er boshaft und sein verbissenes Gesicht grinste verzerrt hinter dem Glas. Fluggs reckte er seine zwei Fäuste und verschwand wieder. —
Kernaller war Schwabe, stand 1848 nicht weit von der Heckerschen Richtung und entwich dazumal nur mit knapper Not dem Hochgericht. Man sah ihn oft wochenlang nicht und das Baurhammerhaus schien ständig unbewohnt zu sein. Einen düsteren, ruinenhaften Eindruck machten die dunklen, dickverstaubten Fenster.
»Politikus« hieß man aus einem unbekannten Grund den Konrektor im Dorf. Er rannte höchstenfalls einmal scheu um's Haus in die Holzschuppe und verschwand dann wieder. Ständig trug er einen schwarzweiß-karierten, sehr zerschließenen Schlafrock, riesige Pantoffeln und tief in seinem Genick saß ein rotes Türkenkäppi mit einer schwarzen Quaste. Den ganzen Tag schrieb er Traktate gegen die Bundesverfassung, die er aber nie drucken ließ. Nach seinem Tode fand man sie, vom Boden bis zur Decke reichend, aufgestapelt in seinem Schlafzimmer. —
Der Posthalter schaute die schwarze Fahne an, schüttelte den massigen Kopf und ging weiter. Lachend brummte er in sich hinein: »A so a narrischer Teifi, a so a narrischer ..!« — — — —
Der Krieg war wirklich ausgebrochen. Der Renkmair allein hatte eine Zeitung. Zu ihm, in seine Wirtschaft kamen jeden Sonntag die ganzen Bauern. Da wurden Schlachten geschlagen. Man sah förmlich

die Preußen vor den ungestümen Bayern und Österreichern wie Fasangockel bei der Treibjagd herlaufen.

»Derwischn wenns'n, an König vo Preißn und sein plärrmailertn Bismarck, na' werdn's oi zwoa aufghängt!« erzählte der Schmied Banzer.

»Jaja, dös loßt' si denka, daß do streng hergeht, wenn's dö zwoa kriagn,« bekräftigte der Müller-Silvan.

»Noja! .. Wos müaß'ns aa o'fanga, dö vorlautn Hammin, dö vorlautn!« drauf der Renkmair gelassen.

»I wenn a so o'schaffa kunnt,« raisonierte der Kragerer, der noch immer ärgerlich war über dieses Kriegführen so mitten in der ungelegensten Zeit: »I wenn a so Herr waar …! .. I tat dö hoha Herrn oisam vor mein' Mistwogn spanna und an Trapp müaßertn's laafa, daß iahna Zunga bis ins Knia obi raushängert! .. Do vergangertn iahna glei dö Mais mit dera Kriagfüahrerei ..!«

»Jetz do hoscht aa wieda net rächt! .. A so konn ma aa wieda net redn! .. Solcherne Sach'n hob'n iahnerne politischn Hintertürn … Do kinna mir net mitredn,« meinte daraufhin der Posthalter und setzte mit Nachdruck hinzu: »Aba dös is g'wiß, daß's dösmoi um richtige Intressn geht, wenn amoi da Kaiser ois Militär ausrucka loßt?! … I sog amoi sovui, wenn si dös ganz Deitschland gega dö gschreamailertn Preißn stellt, nachha is's Ernst …«

»Ja no .. dös loßt si denka .. dös loßt si denka …« murmelte der Hirlinger sachlich.

Der Raffinger stellte den Krug hin: »Mei Feschl hot g'sogt: Ois bringer's um! Koan Pardon gibt's!«

»I hob mir's scho oiwai denkt … Mit dera Bundesrats-Streiterei, kimmts no amoi richti zon Kracha … Jetz hob'n mir's scho aa …« sagte der Bürgermeister abermals.

»Foische Hund san's doch, dö Preißn,« bekundete der Renkmair: »Hob'n einfach o'gfangt und Hannova und Sachsn überfoin und nachha erst d'Kriagserklärung gschickt! .. Hahah, .. host jetz sowos scho gsehng .. hmhm ..«

»Hintervotzige Luada, hindervotzige … Dös san richti Luthrische,« brummte der Kragerer.

»Der oit König selig, der hätt koan Kriag gmacht! .. Der hot s'Streitn nia ming (mögen),« warf der Müller-Silvan hin.

»Na waar er a Rindviech gwe'n, daß ös woaßt,« alterierte sich der

Raffinger sofort: »Aufs Mail naufscheißn loßt ma üns jetzt nachha vo dö Saupreißn, vo dö windinga ..! .. Do konn ma net gnua umbringa, dö Pollaken, dö luthrischn! .. Dö hob'n überhaaps koan Glaabn, dö hobn bloß a Votzn! ..«

»Dös sog i ebn aa ... den ganzn Glaabn hobns o'gschafft ..« beschloß der Schmied Banzer die Debatte.

So ging es alle Tage.

Langsam aber kamen in Renkmair's Zeitung ausweichendere Notizen. Da hieß es immer: »Die achte Bundesarmee konzentriert sich und steht in fester Abwehrstellung.« Man hörte nichts von einer richtigen Schlacht. Mehr noch, der Posthalter kam einmal aus der Stadt und sagte: »Schlächt soi's steh, hob i ghärt ..«

Dann erfuhr man von Schlappen der achten Bundesarmee. Von »taktischen Notwendigkeiten« schrieb die Zeitung etwas. Kein Mensch verstand es, aber ein Mißtrauen fing langsam an.

»Dös is's ebn! .. Dö Hundspreißn, dö verrecktn, dö frogn überhaaps net noch'n Rächt! .. Dö schiaßn einfach, dö Lakln,« schimpfte der Raffinger. —

Hingegen einige österreichische Generalstabsberichte waren so gehalten, daß man wieder allgemein mutig wurde.

»In d'Foin locker's ös jetz ... Und na wui ma' oisamm masakriern,« erläuterte der Posthalter: »Der Feldzeigmoasta Benedeck is koa Dumma! .. Der hot a ganz's Johr hinstudiert an den Schlachtpla' ...«

Und immer wieder sah man die Preußen umzingelt und nahe an der Vernichtung. Berlin wurde in der Renkmairstube schon gebrandschatzt.

Wie das schon von jeher, früher und jetzt noch, ist bei uns, man läßt sich nicht so leicht irritieren. —

»Waffenstillstand is erklärt! .. Dös hot a schlauch gmacht, der Benedeck, .. Do laßt er jetz dö Preißn s'Feir einstelln, nachha schiaßt er wos des Zeig hoit,« erklärte der Renkmair: »Dös werd der letzt' Schlog .. Do gehngers oisamm z'Grund, dö Preißn ..«

Aber man hörte nichts dergleichen. Der Benedeck schoß nicht. Die Flechtinger wurden kleinlauter. Kleinlauter wenigstens in Bezug auf das Siegen. Desto grimmiger aber gegen die Preußen. —

Nichtsdestoweniger begann man scharf zu schimpfen auf die »Führung« der Bayern, überhaupt auf das ganze Kriegführen, das keine Resultate zeigte. —

Beim Konrektor Kernaller hing noch immer die schwarze Fahne heraus. Einige sagten schon ganz offen: »Ganz rächt hot er g'habt, der Politikus! .. Der hot's voreh gsehng, daß's schiaf geht mit den Kriag. .«

Zerfetzt vom Wind, durchnäßt vom Regen, wie ein trauriger Strunk hing die Fahne herab. Eines Tages fiel sie dem Gendarm Blinzlinger auf. Das sei ja der reinste Hochverrat, meinte er, als ihm der Bürgermeister Hirlinger so halbwegs klar machte, wie man in Flechting über dieses Fahnen-Heraushängen denke. Und strammen Schrittes ging er durch das Vorgärtl, auf die Haustür Kernallers zu. Scheu und lauernd schauten einige Dörfler zu.

»Auf da! Auf, he! .. He!« schrie der Gendarm und mit grämlicher Miene öffnete der Konrektor.

Jetzt sammelte man sich vor dem Baurhammerhaus. Wie die heilige Hermandat in eigener Person kam der Blinzlinger wieder heraus.

Bald darauf sah man, wie der Kernaller schnell die Fahne hineinzog und hinter dem Fenster grimassierte.

»Isch no viel z'wenig für dö deitsche Rindviehcha, dö deitsche ..!« entfuhr es seinem zähnefletscherndem Mund.

»Jaja .. rächt hoscht! .. I hobs oiwai gsogt!« schrie der Kragerer hinauf und als er nichts mehr sah, wandte er sich griesgrämig um und murrte abermals: »Oiwai hob i's gesagt ... Dö hoha Herrn ghärertn a ran Mistwogn gspannt ... na waar ma net in den Scheißkriag kemma ...!«

Wenn es wo brennt ...

Hüte Dich, lieber Leser, jemals Kritik zu üben — beispielsweise — an unserer ländlichen bayrischen Feuerwehr! Es könnte Dir dabei wirklich ergehen, wie es dem Brittinger Anton ergangen ist, damals, als der Fridlbauernhof in Offelfing ein Opfer der Flammen wurde. —

Die Geschichte ist ebenso lehrreich für einen Fremden, der zufällig in unser Land kommt, als aufschlußreich für den Erforscher der bäuerlichen Seele, des berühmten bayrischen Gemütes. —

Offelfing liegt in einer kleinen Mulde, aber doch höher als die umliegenden Dörfer. Rechts, Atzing zu, ist Wald; links, gegen Heimertshausen, breitet sich freies Feld aus. Das ganze Dörflein besteht aus acht Häusern, das heißt, eigentlich ist nur der Fridlbauernhof dort erwähnenswert; was da sonst noch herumsteht, hat höchstens zwei, drei Tagwerk Wiesengrund und schließlich ebensoviel Holz. Der Fridl hingegen darf, gering gerechnet, auf siebzig Tagwerk Waldung und sechzig Tagwerk Wiesengrund und Ackerland eingeschätzt werden. Vierzig Stück Vieh stehen im Stall, drei Pferde, ein Sprungstier und so fünf oder sechs Wurf Ferkel. —

In Atzing wachte eines Nachts die Riedl-Theres auf und sah in der Offelfinger Strichweite Feuerflammen. Sie weckte den Adam. Man schaute eine Zeit lang in die Gegend und kam überein, daß das in Offelfing sein könnte. Der Adam zog sich vollends an und weckte den Schmalzinger-Pauli und schlug dann allgemein im Dorf Lärm.

Um es kurz zu sagen, es kamen also im Verlaufe von ein und einer halben Stunde die meisten Atzinger Feuerwehrmannen zusammen und schauten in die Gegend.

»Dös is z' Offlfing! Spannts ei', Pauli!« sagte endlich der Adam, und der Brittinger-Anton tat sich besonders wichtig. Er war fünf Jahre bei der Marine und hat überhaupt immer ein großes Maul, wenn was los ist.

»Dös is doch seiner Lebtog net z' Offlfing! … Ah! … Dös is doch, meina Schätzung noch, seine acht Stund weg! … Dös is z' Ampflberg drobn, sog i'!« erklärte der Pauli. Und alle schauten wieder in die Gegend. Im Pfarrdorf Allkirchen fing es inzwischen zu läuten an. Sonst war es weit und breit still.

»Härts ös denn net! … Dös is z' Offlfing, sog i'!« rief der Brittinger Anton und setzte hinzu: »Wenns z' Allkirch' läut', muaß 's doch in der Näh' sei!« Aber der schwatzt viel, wenn der Tag lang ist. —

Es entwickelte sich nun im Verlaufe der nächsten Stunde folgendes Gespräch zwischen den Atzinger Feuerwehrleuten.

Nachdem der Schmalzinger-Pauli den Anton einmal gründlich zurechtwies, ob er vielleicht glaube, daß seine »Roß« überhaupt nicht zu rasten brauchten, sagte der Arglsberger gelassen: »Wia sowos an Himmi färbt, hmhm! … Dös muaß scho a hübscha Hof sei …«

Darauf der Penzinger: »Do, moan' i, brennert s' ausdroschene Korn aa mit, weils gor a so speibt, s' Feir?«

»Jaja … siehcht ganz danoch aus,« einige antwortend.

»Dös is überhaaps vui weita weg noch … Dös is an Gebirg drobn, sog i! … I wett' mein' Kopf, daß 's in Gebirg drobn is,« hierauf wieder der Schmalzinger-Pauli.

»I mächt doch o'nehma, daß, wenns z' Offlfing brennert, daß nachha dö Heimertshausener Feierwehr z' härn oda zum sehng waar,« warf der Penzinger hin und alle nickten.

»Freili, freili! … So mir nix, Dir nix treibt ma doch bei der Nocht d' Roß' net raus,« meinte der Pauli abermals.

Der Argelsberger lauschte nachdenklich in die Nacht: »Hmhm, wenn's a so stad is bei der Nocht … und läutn aufamoi Glockn a so, wia dös feierli is …«

Und alle hörten dem Läuten zu.

»Muaß's, scheint sich, doch in der Näh sei,« wagte der Riedl-Adam einzuwerfen.

»Hahm! Ha—hm, es brennt … es brennt wirkli,« brümmelte der Ampletzer-Andres vor sich hin.

»Aufpaßt werdn's hoit wieda net hobn! … Mitn offern Liacht werdns hoit wieda an Heistodl 'ganga sei!« meinte der Penzinger, und der Pauli wiederholte, daß die Brandstelle mindestens acht, wenn nicht gar zehn Stunden weit weg sei.

»Ja Himmiherrgottsakrament! Werd jetz ei'gspannt oder net?! … I stell' mi doch net dö hoibert Nocht in dö Kältn raus, Kreizkruzifix!« donnerte plötzlich der Brittinger-Anton und rief damit eine Erregung hervor, die man sonst nicht gewohnt ist in Atzing. Ein richtiges Streiten ging los.

»Du hoit no ganz dei Mai! (Maul) Du host ja no net amoi dei Feierwehrabgab' zoit!« führte der Schmalzinger-Pauli ins Treffen und alle waren auf seiner Seite.

»Do! … Härt's! … Dös is d' Heimertshausner Feierwehr!« schrie mitten drinnen der Riedl-Adam und tatsächlich hörte man auch ein Wagenrollen und ein Trompeten den Allkirchener Berg herunter. Immer lauter klang es.

»I' moan' … spann' ma doch ei, Pauli?« sagte jetzt der Argelsberger und schließlich holte der Schmalzinger-Pauli doch den Fuchsen und den Rappen und spannte ein. Endlich fuhr die Atzinger Feuerwehr zum Dorf hinaus. Es war stockdunkel. Man fuhr vorsichtig und im Schritt. Man unterhielt sich eifrig.

»Ha—hm! … Wirkli brennts! .. Ha—hm, pfeilgrod brennts,« brummte der Ampletzer-Andres in einem fort.

»Wenns z' Offelfing is, worum sogt ma üns denn dös net?!« raisonierte der Pauli: »Kunntn doch wissn, daß ma seine Roß' rasten loßn mächt! … Aba i sog amoi soviel — — es is net z' Offelfing! … Dö Heimertshausner fahrn ja wega jedn Scheißdreck, dö protzertn Hengl, dö protzertn! .. Mit iahnern nei'n Feierwehrwogn konn's der Teifi nimma hobn ..!«

»Jetz i sog sovui, sowos muaß bei der Gemeindeversammlung aufs Tapett kemma!« forderte der Argelsberger und der Penzinger stimmte bei.

»Werd's ös scho sehng, daß i recht g'habt hob! … Mir fahrn auf Offlfing, und in Gebirg drobn brennts!« rief der Pauli beharrlich und als man bereits in die Riechweite des Feuers kam und der Brittinger-Anton triumphierend schrie, wer jetzt recht gehabt hätte, wurde der Schmalzinger derart wütend, daß er ihm nahelegte, wenn er jetzt nicht bald das Maul halte, kehre er ganz einfach um. — —

Als man auf der Brandstätte ankam, hatten die Flammen bereits den ganzen Hof eingeäschert. Wütend sprang der Pauli vom Wagen und rannte auf den Fridlbauern los und schimpfte ihn nicht wenig zusammen.

»Sowos gibt ma üns doch z' Wissen, beim Teifi nei! … Host denn ganz und gor s' Hirn verlorn?!« schrie er und als der jammernde Fridl nichts darauf erwiderte, wandte er sich an die Atzinger Mannen und kommandierte: »Antreten! Spritzen!«

Es dröhnte über allen Lärm hinweg. Dummerweise aber hatte man die Schläuche vergessen und als der Pauli das sah, schlug er mit aller Wucht dem Brittinger-Anton eine ins Gesicht und brüllte wie ein Irrsinniger herum. Die Beiden gerieten in ein Handgemenge und mußten mit Gewalt auseinandergerissen werden. Der Gendarm von Rauschenbach, der zugegen war, wollte sich einmischen und drohte mit »Aufschreiben«.

»Wos?! .. Wos wuist?!!« schrien mit einem Male die beiden Raufer und nahmen sofort eine drohende Haltung gegen ihn ein.

»Wos?! Du stinkfauler Brotfresser, Du…! … Du mächst dös größt' Wort da füahrn, Du..?!!!!«bellte der Pauli, und der Beschimpfte hielt es schließlich für ratsam, in der Dunkelheit zu verschwinden. — —

Die Sache endete damit, daß der Pauli mit Protest bekannt gab, sowas, daß ein Gendarm bei einem Brand dabei sei, dürfe unter keinen Umständen mehr vorkommen. Alsdann wendete er sich dem Fridl zu, denn er gehört zu den führenden Persönlichkeiten in unserer Gegend, der Schmalzinger-Pauli.

»Rindviech, saudumms!« schrie er den Fridl also an: »Wenn i an soichern Hof hob, geh i doch in d' Rückversicherung! … I waar froh, wenn's mein'n Hof o'brenna tatn! … Jetz flennst und jammerst, a so hättst a noglnei's Haus herbaut kriegat! … Do host ös jetz!«

Und nachdem man allgemein zur Ansicht kam, daß hier nichts mehr zu retten sei, fuhr man wieder schiedlich und friedlich nach Atzing zurück.

»I hob's ja glei g'sogt, daß 's brennt!« war das letzte Wort des Ampletzer-Andres, als man endlich in tiefer Nachtstunde auseinanderging. — —

Nichtsdestoweniger beschloß man bei der nächsten Gemeindeversammlung, die sehr stürmisch verlief, überhaupt-nicht mehr einzuspannen, wenn nicht vorher gemeldet würde, daß und wo es brenne. — — —

Politik

I

1918, beim Ausbruch der Revolution, war bei uns in Argelsberg der Schmauseder Bürgermeister, heute ist's der Nerlinger. Im Grunde genommen ist das ganz gleichgültig, wer und wann einer bei uns der Gemeindevorstand ist. So ein Amt läuft für den, der es laut Wahl übernommen hat, meistenteils nur so nebenher und die Tätigkeit bleibt immer dieselbe. Das übliche ministerielle Verordnungsblatt für die Landgemeinden liest man nicht und die Zuschriften vom Bezirksamt hängt man in den Gemeindekasten. 1918 stand unter den Schriftstücken, die da aushingen, der Name Schmauseders, heute steht »Nerlinger Christian, Bürgermeister« darunter. Und daneben prangt der blaue Gemeindestempel. Das ist alles. Hineinschauen in den Gemeindekasten, das tut höchstenfalls einmal ein Fremder.

Aber nicht daß man etwa glaubt, bei uns habe man kein Interesse für Politik! Das ist unrichtig.

1918 zum Beispiel, nachdem die ersten Zeitungsbotschaften von der Revolution aus der Stadt kamen, saßen der Loringer, der Rengerlhammer, der Schmauseder und der Nerlinger einmal in der Postwirtschaft vom Simon Reblechner beisammen und redeten allerhand.

»Jetz hob'ns ünsern König aa zum Teifi g'haut ... Jetz hob'n ma Revalution,« leitete der Loringer gewissermaßen die Debatte ein.

„Is' aa scho hübsch oit (alt) g'wen ... Hätt's a so nimma lang g'macht,« meinte der Nerlinger in bezug auf den König.

»Ja-ja .. jetz hobn ma Revalution .. jetz hobn ma Revalution ... Revalution, hot er g'sogt,« murmelte der Rengerlhammer mechanisch.

»Is aa so nimma zon Saufa g'wen, dös Saubier ...« brummte der Loringer und schüttelte nachdenklich seinen Maßkrug.

»Mit dö Preiß'n soit er si hoit net einlöß'n hobn, ünsa König,« warf der Schmauseder hin.

»Do is' bloß d' Königin schuid g'wen … Dö hot sowiaso d' Hosn o'ghabt,« ließ sich der Reblechner vernehmen.

»Ja mei! .. Wos wuist a mit dö Weiba o'fanga ..!« meinte der Loringer: »Host ös amoi, na hom's a überoi d' Votzn drinn' …«

»Ebn ..« murmelten die Anderen.

»Herrgott, den Lohn von König ..? .. Wer den jetz kriagt …?« sagte der Rengerlhammer und man sah ihm an, daß er darüber nachdachte.

»D e n …? … Den tuat si' scho oana richti auf d' Seit'n … Mir sehng ja doch nix davo ..« erwiderte der Nerlinger und alle nickten.

»Mit lautern Politisiern und mit lautern Politisiern hobn si si jetz z'kriagt,« sagte der Wirt.

»Woaß der Teifi, wos jetz nachha dö nei'n Herrn wieda für Muck'n hobn,« warf der Schmauseder hin.

»Üns konn's ja gleich bleib'n … aba dö Sauwirtschaft derf scho amoi aufhörn!« brummte der Loringer.

»Richti ausraama soit ma hoit,« hinwiederum der Wirt.

»Mannsbuida g'hörn her,« rief der Rengerlhammer.

»Dö Streiterei muaß aufhörn! … Richti neig'haut ghörert … D' Franzosn soit ma zon Teifi haun! .. Da Bismarck hot's oiwai g'sogt,« raisonierte der Schmauseder.

»Üns konn's ja gleich bleibn … Mir hobn ja doch nix davo …« schloß der Loringer. — —

Am andern Tag kamen vom Bezirksamt die großletterigen Aufrufe der Eisner-Regierung. Wie immer hing sie der Schmauseder, gestempelt und unterschrieben, in den Gemeindekasten ….

II

1923, nach dem Hitlerputsch. Ein Gespräch zwischen dem Kurbel-Christian, der eben aus der Stadt gekommen ist, zwischen dem derzeitigen Bürgermeister Nerlinger, dem Loringer und dem Ring-Silvan vor Nerlingers Haus.

Es entwickelt sich folgender Diskurs:

Kurbel, bleibt stehen, lächelt: »D e r Spitakel a da Stodt drinn' wieda ..!«

»Macha's scho wieda amoi a Revalution …?«

Kurbel: »Und dö Häufa Leid auf da Straßn..!«
»Gebn koa Ruah, dö damischn Hund, dö damischn..!«
Kurbel wiederum: »D' Judn wuin's naushaun und an König mächtns wieda... Du kimmst direkt net von Fleck drinna, sovui Leid san's.«
Der Loringer stereotyp: »Mit lautern Politisiern und mit lautern Politisiern z'kriagn's si' si' oiwai wieda..«
Kurbel: »Grod ois wia auf da Oktobafestwiesn gehts zua drinna... A so an Haufa Leid, ha! A so an Haufa..!«
Nerlinger: »Ja no! Dös laßt si' denka.... Dö Prinzn und dö früahran Minista, dö mächtn hoit iahnane oitn Stelln wieda.«
Kurbel abermals: »Thm! Direkt d'Trambahn konn nimma fahr'n..«
»Ausg'raamt ghärert richti, nachha waar glei a Ruah!«
Kurbel: »Und dös Gschrei in oan furt.«
»Ja no! Z'toan hobn's hoit den ganzn Tog nix und do foin (fallen) iahna na dö saudumma Gschichtn ei..«
Alle: »Ebn, ebn...« Sie nicken und schauen einige Augenblicke in die Luft.
Der Loringer: »Mir hobn d' Judn seiner Lebtog no nix to...«
Nerlinger: »Ja no, es san hoit Judn.«
»Der Saustoi muaß aufhärn!« der Silvan.
Kurbel: »Ja also dö Leid! Dö Häufa Leid..!«
Der Silvan: »D' Judn und an Hitla und an Ludendorff und dö ganz Bagasch soit ma zon Teifi haun! Na waar's glei aus..!«
Eine kleine Pause. Alle schnupfen
Der Nerlinger nach einer Weile: »Soso! — Na macha's jetz wieda Revalution...?... Üns gehts ja nix o... Werdn scho wieda aufhärn, dö narrischn Hengl, dö narrischn.«
Der Kurbel schüttelt in einem fort nachdenklich den Kopf: »Hm, ma mächts net glaabn, wos a so a Stodt für an Haufa Leid faßt... Hm—hm, direkt aus is's mit a ran soichan Haufa...«

Kriegerdenkmals-Enthüllung

Zu einer imposanten Feier kam es neulich, als in unserem Pfarrort das Kriegerdenkmal für die Gefallenen aus unserem Gau enthüllt wurde. Die Bauernschaft aus der ganzen Umgegend strömte bei dieser Gelegenheit zusammen. Ein offener Gottesdienst am Fuße des Denkmals wurde abgehalten. Vollzählig marschierte der Veteranen-Verein auf, der Gesangverein unter der rührigen Leitung des Hauptlehrers Nagel leistete Vorzügliches und eine eigene, sehr umfängliche Musikkapelle schmetterte durch die fahnen- und girlandengezierte Straße des Pfarrdorfes. Die Böller krachten unausgesetzt vom frühen Morgen bis zum Mittag. Fünf Majore in feldmarschmäßiger Uniform — sie haben hier Güter oder sind im Sommer hier — und der Bezirksamtmann, der als Rittmeister im Feld eine Trainkolonne befehligte, waren zugegen. Pfarrer Mayr predigte kernig. Unvergeßlich werden seine Worte jedem bleiben.

»Indem daß wir hier versammelt sind, christliche Zuhörer und Feldsoldaten, vor dem Denkmal ünserer Gefallenen, möchte ich schließen: Ünser verstorbener Landesherr, den wo ünser Herrgott eingesetzt hat und den wo die Juden ins Grab 'bracht haben, er lebe hoch! — Hoch! — Hoch! —« schloß er ergriffen und alle stimmten begeistert ein. Schier war's, als ob die Luft erzitterte. —

Im Namen der Frontsoldaten und des Kyffhäuserbundes legte der Major Ammetsberger einen Lorbeerkranz nieder, ebenso der Bezirksamtmann, die Vereine und anderen Majore, die verschiedenen Dörfer und die Pfarrei. —

»Bauernburschen! Männer und Kameraden!« hub Ammetsberger alsdann an: »Ich möchte an diesem Grabe wiederholen, was ich als Soldat immer gesagt habe: Lieber bayrisch sterben, als preißisch verderben!«

Ein mächtiger Beifall erscholl und sinnigerweise schoß der Walkmichl den Böller in diesem Augenblick wieder ab. Ammetsberger wartete, bis es ruhiger geworden, und fing von neuem an: »Dieses Denkmal, meine lieben Kriegskameraden, wird aushalten, länger als wir allesamt und wird uns immer zeigen, daß wir tapfere Bayern jederzeit wieder losgehen, wenn unser Landesherr uns zu den Fahnen ruft. Zuvor aber möchte ich Euch ans Herz legen, Männer und Weiber, — zuvor heißts unser Bayernland auskehren und den alten militärischen Geist zusammenhalten. Die Volksverräter müssen weg, die wo uns ins Unglück gestürzt, haben!« Erneuter Beifall.

»Ünser tapferes Bayernland muß judenrein werden!« Furchtbarer Beifall. »Und als Führer der vierzehnten Kompagnie fühle ich mich verpflichtet,« rief Ammetsberger mit erhobener Stimme: »Euch auf die Disziplin aufmerksam zu machen und Euch daran zu erinnern, daß wenn der Saustall in Berlin nicht bald aufhört, Seine königliche Hoheit mir persönlich gesagt hat, daß wir dann allein angreifen.« Während des erneuten, brausenden Beifalls wischte sich der Major den Schweiß aus dem Gesicht und begann noch lauter: »Männer und Kameraden! Ich möchte bei dieser Gelegenheit erinnern, daß eine hohe Persönlichkeit zum heitigen Freidentag für jeden Krieger und Frontsoldaten Freibier bis zu zwei Maß und ein doppeltes Essen gestiftet hat!«

»Hoch! — Hoch! — Hoch!« schrie es von allen Seiten.

»Und zum Schluß möchte ich Euch auffordern, mit mir einzustimmen,« rief der Major jetzt und schwang den Säbel und den Helm mit den anderen Militärs: »Unsere königliche Hoheit, unser tapferes, fruchtbringendes Bayernland und unsere Gefallenen — sie leben — Hoch! — Hoch! — Hoch!!«

Die Zurufe endeten nicht und alles klatschte in bester Stimmung. Die Offiziere schwenkten immer noch Helm und Säbel.

Dummerweise fing die Musik jetzt schon an und trotz seines erregten »Pßt! — Pßt« kam der Veteranen-Vereinshauptmann Hungerer nicht mehr zu Wort. Ammetsberger, der die bedrohliche Wendung erkannte, vertröstete ihn aber noch rechtzeitig auf nachher in der Postwirtschaft. Der Gesangverein gab noch das »Heil, unserm König, heil!« zum besten und unter den schmetternden Klängen eines Marsches setzte sich der Zug in gefaßtem Schritt und der »Wacht am Rhein« in Bewegung.

Im großen Saal der Postwirtschaft gab es für jeden zwei Portionen Schweinsbraten und je eine doppelte Portion Kalbs- oder gefüllten

Brustbraten ohne Bezahlung. Zugleich wurden bei dieser Gelegenheit die Kyffhäuser-Abzeichen, die eine Ordensfirma dem Major Ammetsberger zum Vertrieb gegeben hatte, ausgeteilt und so kam endlich Hungerer zu Wort und sprach:

»Kameraden! — Feldsoldaten! — Tapfere Bayern! … Indem wo wir gerad' vollzählig bei diesem Freidenfeste beieinander san, möchte ich an das Silentium erinnern. Erstens hat der Major Ammetsberger freundlicherweis' mit den anderen Herrn die Kyffhaiserabzeichen mitbracht! Der Orden kost't ausnahmsweis' für üns Veteranen drei Mark — wert is er seine fünfi …

Tapfere Bayern! — Feldsoldaten! — In Treie fest! — Anno sieberzg bei Sedan, wo mir an Napolion g'fangt haben, hats kracht wie zum heitigen Feste und den ganzen Vormittag.

Kriegskameraden! — Feldsoldaten! — Das bayrische Militär hat sich heite gezeigt, indem wo mir ünser Denkmal eröffnet haben … Außerdem möchte ich das Wort ergreifen, indem daß Berlin nicht maßgebend ist! — — Der Herr Major Ammetsberger und die älteren Kameraden werden dös wissen … Silentium! — Frontsoldaten, tapfere Bayern! — Ünserne Hölden, möcht' ich erinnern, sind unvergeßlich! … Sowos is ein Saustall mit dö Preißn! … In Treie fest! — Der Veteranenverein gibt absalut keine Pardon und ich möchte erinnern, daß dö Judn anno sieberzg nicht einen Pfifferling dabeigwesen sind und vierzehne erst rächt nicht! … Ich möchte das Wort ergreifen! … Sowos hot sich aufghört! … Die Feierlichkeiten, möcht ich mit Herrn Major Ammetsberger einstimmen, daß die doppelte Portion Schweinsbrotn und die doppelte Portion Kalbs- oder Brustbraten zechfrei sind. Und so möchte ich einstimmen, in Treie fest, mit mir einzustimmen: Ünsere königliche Hoheit, Kronprinz Rupprecht, und ünser Veteranenverein und tapferer Bauernstand, sie leben — Hoch! — Hoch! Hoch!«

Der Jubel war nun auf ganzer Höhe. Der Schmiededer-Xaverl schrie in einem fort »Hoch!« und »Bravo!« und als in später Nachtstunde die Militärs sich entfernten, brachte man ihnen begeisterte Ovationen dar, wobei der Henglinger-Irgl im Gedränge seinen vollen Maßkrug fallen ließ und dem Bezirksamtmann die ganze Montur übergoß, was zu einem erregten Wortgeplänkel Anlaß gab. Wie aber der Teufel sein wollte, dieser Zwischenfall steigerte sich erst noch, als die Offiziere draußen waren. Zwischen dem Kurbel und dem Hungerer kam es zu einem harten Aufeinanderschreien und als dann gar der Hungerer beim »Francaise« das Verlangen stellte, daß die gesamte Tänzerschaft in anbetracht der Feierlichkeit des Tages auf sein »Stillgestanden« stramm stehe, wurde man recht ausfällig.

»Ja Himmiherrgottsakrament! ... Du hoscht ja deiner Lebtog no koa Kasern gsehng, für weniga wos anders! ... Und do reißt' aufoamoi d' Votzn auf!« brüllte der Kurbel den wildgewordenen Hungerer an. Und — peinlich zu sagen — er hatte recht.

Der ungediente Veteranenvereinshauptmann Hungerer wollte tief gekränkt sein Amt auf der Stelle niederlegen. Aber, indem daß er so schwunghaft reden konnte, wußte man ihn doch wieder zu beschwichtigen und das schöne Fest durfte einen harmonischen Ausgang nehmen. —

Privates

Handelschaften

Zwischen Kergertshausen und Wimbach, zwischen — rechter Hand — Werfelberg und — linker Hand — Irschenbach liegt der, ungefähr hundert Tagwerk umfassende Graf Teiß'sche Forst. Eine Waldung und ein Jagdgehege ist das, wie man es so leicht nicht wieder findet. Noch schöner wäre es selbstredend, wenn die vierzig Tagwerk Hochwald, die scharf daran grenzen und zwischen Wimbach und Werfelberg einen Triangel machen, auch noch dazu gehörten. Schon oft war Graf Teiß derentwegen auf dem Einödhof, aber mit dem Hernlochner-Ignatz ist schwer zu reden.

Nicht daß er etwa grob, unfreundlich und abweisend geworden wäre, der Ignatz. Das nicht. Er empfing den Grafen jedesmal mit der nötigen Freundlichkeit, mitunter sogar etwas devot. Und dieser hinwiederum versuchte es mit bestrickender, herablassender Leutseligkeit, obwohl ihm das keine kleinen Schwierigkeiten machte. Erstens nämlich war er Rittmeister a. D. und zweitens Norddeutscher. Immerhin aber war er schon seit Kriegsanfang hier ansässig.

Graf Teiß wollte unter allen Umständen die vierzig Tagwerk Waldung und ließ nicht locker mit seinen Versuchen.

»Hernlochner! … Aäh … ich meine, ich meine … es macht Ihnen doch nichts aus! … Sie haben doch Waldung da drüben in Lieberach auch noch … Hauptsächlich beschränkt sich Ihre Tätigkeit doch mehr auf die Felder …?« fing er stets an.

»I' konn's it, Herr Graf … i mächt it … Noja, ös waar ja natürli schö', wenn's Sie's ois beianand hättn … Dös sell gib i scho zua,« meinte der Ignatz: »Es zwängt si ja aa grod a so dumm 'nei in iahnern Forscht, mei Hoiz .. Aba, i mächt it, Herr Graf, .. i konns it macha … Nana, dös geht net … «

»Oder machen wir's so … Sie können noch dazu meine Wimbacher Weizenäcker haben …?« versuchte es der Graf abermals und bot dem Ignatz eine von seinen dicken Havannas.

»Hahm ... Mit Verlaab, mit Verlaab,« brummte der Ignatz devot und langte mit seiner Riesenhand in das hingereichte Lederetui: »Dö werd' i an Sunnta raacha ... hamham ... Dös is wos ganz wos Feins, wos ..? ... Wos kost't jetz a so a Zigarrn?«

Graf Teiß ging schnell darüber hinweg: »Nehmen Sie sich noch eine und lassen Sie sich's gut schmecken.«

Und verbissen wie solche Norddeutsche sind, wollte er absolut bei der Sache bleiben und benützte die freundlichere Stimmung, die er durch diese kleine Liebenswürdigkeit hervorgerufen hatte.

»Also, Hernlochner, ich bin doch schließlich nicht der Nächstbeste!« rief er noch leutseliger: »Ich bin doch Ihr Nachbar! ... Wir haben uns doch immer gut verstanden! ... Sie sollen auf keinen Fall zu kurz kommen, wenn ich die Waldung kriege!« und fing wieder von der Hochwaldung an.

»Ja no, dös sogt ja aa koa Mensch, Herr Graf ... Von dem is koa Red',« brümmelte der Hernlochner und wich immer wieder aus. Unverrichteter Dinge mußte der Graf den Einödhof verlassen. Oft und oft versuchte er es wieder. Stets war's das Gleiche. Der Hernlochner zeigte sich außerordentlich erbaut von den Zigarren, die er bei solchen Gelegenheiten meistens geschenkt bekam, aber für einen Verkauf des Hochholzes war er nicht zu haben. Graf Teiß verzweifelte schier über dieses hartnäckige Kopfschütteln, über die stetigen Zwischengespräche Herlochners, wenn man im schönsten Zuge war. Er machte zwar ständig eine gute Miene dazu, aber als er allmählich erkannt hatte, daß das Zigarrenschenken stets eine solche, geradezu verhängnisvolle Ablenkung hervorrief, überlegte er hin und her und kam eines Tages ohne Zigarren.

»Ach Gott, Donnerwetter, nochmal! Jetzt hab ich ganz und gar vergessen, meine Zigarren einzustecken!« sagte er mit geschickter Verblüffung beim Hernlochner und griff in alle seine Taschen: »Aber, hören Sie, Hernlochner, wie ist's, Sie trinken gern 'n'mal ein gutes Glas Wein und essen richtig dazu ..?«

»Ja—ja, dös scho ... Wein ja weniger .. Aba wenns der Herr Graf wuin ... Mit Verlaab, mit Verlaab ...« meinte der Hernlochner bescheiden.

»Na, ist mal was andres ... Sie können auch Bier haben und dann Wein,« redete ihm der Graf zu und lud ihn für den nächsten Tag zur Mittagstafel ein.

Er streifte auch diesmal wieder die Sache mit dem Hochholz, bot mehr als er je geboten hatte und erwähnte seine Wimbacher Weizenäcker.

»Jaja ... schö' steht er dösmoi, der Woaz', (Weizen) aufn Herrn Graf seine Äcka ... Dös werd' dösmoi a guate Arnt' (Ernte) ...« meinte der Hernlochner.

Merkwürdigerweise schöpfte daraus der Graf einige Hoffnungen und sagte beim Auseinandergehen schon ganz zuversichtlich: »Na, über kurz oder lang werden wir ja schließlich doch noch einig, nich wahr? ... Setzen wir uns mal gemütlich zusammen, da läßt sich leichter reden drüber ...«

Und der Hernlochner nickte beiläufig. — —

Am andern Tag kam er im Sonntagsgewand auf's Schloß, zur Tafel. Graf Teiß, der Junggeselle ist, speiste ganz allein mit seinem Gast und ließ gegen seine Gewohnheit sehr reichlich auftragen. Der Hernlochner machte ein recht beschenktes Gesicht und griff anfänglich nur zögernd zu. Jeden Teller, jede Gabel, jedes Messer, alles musterte er ausnehmend interessiert, lächelte hin und wieder etwas verwirrt und schaute unablässig wie der Graf das Mahlzeit-Einnehmen bewerkstelligte.

»Sowos is' natürli ünseroans net g'wöhnt,« suchte er sich manchmal bescheiden zu entschuldigen. Aber bald hatte der Graf solche Schüchternheit verscheucht und sein Zureden ermunterte den Hernlochner dergestalt, daß er nicht eine Scheibe Fleisch auf der porzellanenen Platte ließ.

»Dös is scho auffallend, ganz auffälli guat kocht! ... Dös is scho a Delikateß, sowos,« murmelte er, als er das zweite Glas Wein in einem Zuge geleert hatte. »Do, moan' i, hätt' der Herr Graf scho a guate Köchin ... Dös muaß's scho a richtigs Weibsbuid sei, a tüchtigs Leid .. hmhm.«

Graf Teiß lächelte einnehmendst über diese Beifallsbezeichnungen und sagte in der besten Stimmung: »Na, und was sagen Sie zu dem Wein? .. Der schmeckt, nich wahr? .. Trinken Sie nur, Hernlochner!« Er goß von neuem ein.

»Wenn's derlaabt is! .. I mächt aba an Herrn Graf nix wegtrinka,« antwortete der Hernlochner und warf einen Blick auf die leere Flasche.

»Aber bitte! Nur nicht genieren!« warf der Graf jovial hin und läutete dem Diener. Bei der zweiten Flasche rülpste der Hernlochner schon und lächelte in einem fort. Der Graf hielt es für angemessen, ins nebenanliegende Rauchzimmer zu gehen und als man dort behaglich bei Zigarren und starkem Kaffee saß, fing er wieder vom Hochwald an.

Der Hernlochner linste zweideutig aus seinen halbgeschlossenen Augendeckeln und ruckte ein paar Mal seinen Kopf auf und nieder.

»Jaja, freili, freili! .. So mog ma na aa net sei! .. Natürli, natürli! ... Ich hobs ja oiwai gsagt, — recht saudumm zwängt er si nei in'n Herrn Graf sein Forscht, mei Hoizl,« meinte er: »I hob's oiwai gsogt …«

»Kurz und gut, die Sache bleibt also dabei, Hernlochner? Ich hol Sie morgen ab und wir fahren zusammen zum Notar nach Kergertshausen hinüber!« schloß der Graf zufrieden: »Dann ist alles gleich erledigt und macht nicht viel Umstände.«

»Noja .. ös is ja wohr, an Herrn Graf sei ganzer Forscht is verschandelt durch dös Sauhoizl! .. Dös sell hob i oiwai scho denkt,« nickte der Hernlochner abermals.

»Na, also!« Sichtlich neubelebt atmete Graf Teiß auf und fragte wieder mit feiner forschen Jovialität: »Schmeckt die Zigarre?«

»Dös is scho ganz wos Feins! … Dös, moanert i, is scho direkt von Ausland,« brummte der Hernlochner und schaute mit bescheidener Absichtlichkeit auf die offene, prunkvolle Schachtel: »Do wenn i a so dö Sunnta's (Sonntags) oani hätt? .. Hmhmhm, wos kost't jetz a so a Zigarrn .. ?«

Das Letzte überhörte der Graf wieder diskret und erhob sich auffallend bereitwillig: »Na! .. Ihre Sonntagszigarren sollen sie haben! Der Wunsch kann erfüllt werden!« Und damit ging er rasch an den Schreibtisch, nahm aus der obersten Schublade eine frische Schachtel und gab sie dem Hernlochner. Der erhob sich mit gelassener Devotion: »Aba i mächt' an Herrn Graf fei nix wegnehma? .. Nana, dös sell mächt i net ..«

Dabei hielt er die Zigarienschachtel fest in seiner Hand und rülpste dem Grafen ins Gesicht: »I—jüpp—ujüpp … Do kostert, moan i, scho d' Verpackung an Haufa Geld, wos .. ?« — — — —

Tief am Nachmittag kam der Ignatz auf seinem Einödhof an. Auf dem ganzen Gesicht lachte er. Ganz alert zeigte er der Bäuerin die Zigarrenschachtel und berichtete, was der Graf für ein ausnehmend legerer Mensch sei.

»Und na dö Pracht! Dö Pracht in den Schloß druntn?! ... Dös is ja ganz aus!« murmelte er immer wieder. In der bestem Laune war er. — —

Gegen Abend fing es zu regnen an. Die ganze Nacht goß es und in der Frühe war es immer noch gleich. Der Hernlochner tappte wie der gemütlichste Privatier in der Stube herum und brümmelte in einem fort: »A so a Regn is wos Guats! ... A so a Regn is wos Guats ..!« Er tat nicht im mindesten dergleichen, als ob er heute mit dem Graf Teiß nach Kergertshausen fahren würde. Als er das gräfliche Gespann von weitem herankommen sah, ging er in den Stall hinüber und machte den Kühen eine neue Einstreu. Ganz erstaunt kam der Graf aus der Stube zu ihm hinüber: »Na? ... Hernlochner, machen Sie sich fertig! .. Wie ists?!«

Aber der Ignatz kratzte sich bloß an der Schläfe und schaute durch die dreckigen Stallfenster ins Regnen hinaus: »Ah! .. Es regn't gor a so, Herr Graf! .. Es is gor a so a Dreckwetta heunt ..?«

»Aber Donnerwetter, Hernlochner, es ist doch abgemacht! .. Das geht doch nicht!« stotterte der Graf denn doch etwas konsterniert und bekam ein trostlos-langes Gesicht. Atemlos wartete er einige Augenblicke. Bald wurde er rot, dann wieder blaß. Der Hernlochner drückte sich um's Reden herum und kratzte sich abermals.

»Also, Herr Graf? ... Dös—dös is scho a ganz a feine Bewirtung g'wen gestern ... Do—do muaß i mi scho nochmoi bedanka..«

»Ja, krieg ich denn nun eigentlich das Holz oder nicht?« fuhr Graf Teiß ärgerlich auf.

»Ah, i — i konns it macha, Herr Graf ... Nana, dös geht net ... es regnt aa gor a so! .. I möcht it,« gab der Hernlochner zurück und schimpfend und fluchend stürzte der Graf zur Tür hinaus, in seinen Wagen hinein. Der Ignatz trat durch die offengelassene Stalltür und schaute dem umkehrenden Gefährt nach. Es regnete noch immer gleicherweise. Er hob seinen Kopf und lugte in den grauen, Himmel. »A so a Regn is wos Guats ..!« brummte er gemächlich und tappte wieder in den Stall zurück.

»Und a so a Haus is wos praktisch's ..« sagte er ebenso und zog die Türe zu. Verkniffen lachte er in sich hinein ...

Seit dieser Zeit ist Graf Teiß feind mit ihm. — —

Es stirbt wer ...

Für kranke Leute hat man bei uns nicht viel übrig und am allerwenigsten für solche Personen, die zu ungelegener Zeit krank werden. Darin gleichen wir auf irgendeine Weise unseren Vorfahren, den alten Deutschen. Nämlich von denen haben wir auch in der Schule gelernt: »Ein krankes Kind wurde gleich bei der Geburt getötet und Presthafte oder sonstige Kranke waren verachtet und suchten von selbst den Tod.« Das wäre — wenn's einmal arg ist mit einem solchen Kranken — nach unserer Meinung auch das Gescheiteste. — —

Es läßt sich also leicht denken, daß der Zeiselberger von Buchberg unbeschreiblich ärgerlich wurde, als sich die Bäuerin mitten in der Erntezeit hinlegen mußte und jeden Tag schlechter wurde. Es wäre ja vielleicht noch nicht so schlimm gewesen, hätte man die Ernte unter Dach und Fach gehabt oder wäre wenigstens eine Tochter da gewesen. Aber so? Drei Mannsbilder — der Bauer, der Ottl und der Michl — im Haus? Und zu d i e s e r Zeit, wo keine »Dirn« (Magd) aufzutreiben ist und kein Mensch im ganzen Dorf daheimbleiben kann, noch weniger bei anderen Leuten den Haushalt zu führen und ein Krankes zu pflegen! —

Wie gesagt, der Zeiselberger war über dieses Kranksein direkt beleidigt. Und auch der Bäuerin war es höchst zuwider. Sie war nicht im mindesten so zimperlich, daß sie sich wegen jedes Bauchweh's niederlegte. Im Gegenteil, seitdem der Ottl auf die Welt gekommen war, hatte sie zwei offene Kindsfüße, die sie Jahr und Tag »fatschen« mußte. (Fatschen — frisch verbinden.) Aber an ihrer Arbeit kannte man nichts von diesem Leiden.

Die Zeiselbergerin versuchte es darum schon am dritten Tag, aufzustehen. Sie mußte sich aber gleich wieder niederlegen. Es half nichts. Der Ottl mußte mitten am Nachmittag nach Iffelfing zum Hofrat Eberdinger hinüberfahren und ihn holen. Der Eberdinger kam und sagte zum Zeiselberger nach der Untersuchung: »Rotlauf! ... Da müßt's schon schauen, daß immer wer am Bett bleibt! .. Aufstehen gibts nicht ..«

»So .. Rotlauf? .. Tja, mir hobn aba net recht vui Zeit, daß ma do oiwai a Kamma naufstehna,« murmelte der Bauer: »Dös geht it räcgt, Herr Hofrat, wenn sovui Arbat auf'n Feld is …«

»Tja …! … Das müßt's eben einrichtn,« meinte der Doktor achselzuckend und fuhr wieder ab. Diese Auskunft erboste den Zeiselberger bis ins Innerste. Unschlüssig blieb er vor dem Bett sitzen und machte ein Gesicht, als ob ihm ein Ochs hineingetreten wäre.

»Der hot leicht z'redn, der damisch Kerl, der damisch!« raisonierte er: »Der hot ja koa Arbat! .. Der sitzt si' in sei Wagl nei, fahrt rum und schaugt dein'n Haxn (Fuß) o und kommandiert! … So mächt' i's aa amoi hobn …« Und noch verbißner fuhr er fort: »Mißn sich einrichtn!? Mißn sich einrichtn?!! … Wia ma nu so dappi daherredn konn … Der tuat unser Heu net rei, der lappert' Teifi, der lappert! … Herrgott, i woaß 's net, daß 's gor a so trapfte Leid gibt, so trapfte …!« Beiläufig stocherte er mit dem Zeigefinger seine Zehen aus, schlüpfte dann wieder in die Pantoffeln und fragte die Bäuerin: »Brauchst mi denn ..? .. I moan, in'n Bett liegst doch guat ..?«

»Geht's no naus ins Feld ..« erwiderte diese, scheinbar als wollte sie selber Ruhe haben, und brummend ging der Zeiselberger aus der Kammer und wieder auf's Feld. Bis in die Nacht hinein werkelten die Drei herum und jedesmal, wenn sie eine Fuhre daheim hatten, schaute einer zur Kranken hinauf. Der Ottl brachte ihr ein Bierkrügl voll Zuckerwasser, weil es sie so dürstete. Vor der letzten Fuhre keuchte sie und der Zeiselberger richtete ihr das Kissen höher hinauf und gab ihr ein nasses Handtuch für über den Kopf.

»Jetz san ma ja glei fürti .. Jetz brauchst üns ja vorläufi nimma, oda?« fragte er wieder und sie schüttelte nur schwach den Kopf und hauchte: »Gehts nu zua ..«

Nach Feierabend, als der Michl in die schon dunkle Kammer trat, rührte sich nichts mehr. Er ging gleich wieder heraus und zog vorsichtig die Tür zu.

»Schlafa tuats,« sagte er in der Stube drunten. Man hockte sich hungrig um den großen Tisch und löffelte die Brotbrocken aus dem Milchweigling.

Erst als kurz nach der Stallarbeit der Zeiselberger ins Bett ging und mit der Kerze über die Kranke leuchtete, merkte er, daß sie tot war.

Er blieb einen Augenblick ganz stockstarr stehen und riß die Augen weit auf.

»Tha! .. Jetz is dö tod ..? Tha .. jetz dös is guat, tha!« murmelte er mehr erstaunt als erschüttert: »Tha! .. Ja .. jetzt is dö tod? .. hmhmhm ..« Benommen schüttelte er den massigen Kopf. Dann ging er und holte den Michl und den Ottl.

»Jetz hob i's doch oiwai gfrogt, ob's üns braucht ... Tha! .. Und jetz stirbts auf amoi a so dahi .. tha—hahm,« brummte er unablässig und als die Buben zu weinen anfingen, wurden auch seine Augen naß. Er faltete die Hände, besprenkelte die Verstorbene mit Weihwasser und schüttelte noch immer den Kopf: »Jetz — stirbt — dö — auf amoi a so dahi .. tha—hm—ha—hm ...«

Die Kur

Das ist ganz schön und recht — zum Doktor zu gehen, wenn einem was fehlt. Aber gegen den Tod haben diese studierten Herren auch noch kein Kraut gefunden und was inwendig bei einem Kranken nicht in der Ordnung ist, das sehen sie die meiste Zeit nicht. Sowas findet bloß die Kohlhäuslerin von Walchstatt heraus. Da brauchst Du nicht mitten in der Woche neugewaschenes Unterzeug anzuziehen und Dich extra überall zu waschen. Überhaupts! Die Herren Doktoren! Was sie nur grad' immer mit ihrem ewigen Waschen haben?! Die müssen richtige Säue sein! —

Bei der Kohlhäuslerin von Walchstatt, da gibt es das alles nicht. Die macht keine solchen Fissimatenten. Die untersucht überhaupt nicht so damisch. Da mußt Du auch gar nicht hingehen. Da brauchst Du bloß den Urin zu schicken und die ganze Geschichte hat sich gehoben.

Einige natürlich, die gehen auch hin, so zum Beispiel der Haunreder von Muglfing. Der hat die Kohlhäuslerin aufgesucht. Von Muglfing nach Walchstatt geht man ja bloß zirka eine Viertelstunde.

Der Haunreder brachte ein Bierflaschl voll Urin mit und hat sich mit der »Traudl« — wie man die Kohlhäuslerin weit und breit heißt — über sein Leiden unterhalten.

»Traudl,« hat er gesagt, der Haunreder: »Also, wenn i Dir's recht sog' — i' woaß überhaapts net, ob i noch an Mogn hob! ... Wenn i wos iß, dös is grod ois (als) wia wenn i beim Fenster nausschaug ... I woaß übahaaps net, ob i wos g'essen hob oda net ... I hob koan' Appatit und koan G'schmoch (Geschmack) ... Dös Best' derfst ma hinstelln — es rutscht hoit owi (halt hinunter) und i woaß net, hob i an Dreck g'fressn oda an Koibsbrotn ...«

Ein Gesicht hat er dabei gemacht, genau so wie einer, der auf dem letzten Loch pfeift. Die Traudl hörte so beiläufig hin und goß unterdessen den Urin in ein Limonadenglas, hob es gegen das Fenster und schaute hindurch.

»Gelb wia'r an Oardottaling (Eierdotter) is er jedsmoi,« ließ sich der Haunieder inbezug auf seinen Urin vernehmen.

»Wia oit (alt) bischt denn jetz..?« fragte ihn die Traudl.

»Vierasieberzg bin i geborn..» gab der Haunreder zurück.

»Is ja koa Oita ... knappe fufzg Johr..« meinte die Traudl und fixierte ihn vom Kopf bis zum Fuß.

»Dös moan' i ebn aa..« brummte der Haunreder.

Und daraufhin gab ihm die Traudl zwei Maßflaschen voll Medizin mit.

»Do saufst a Ouartl in der Früah noch'n Kaffeetrinka, a Quartl z' Mittog, noch'n Essen, und a Ouartl auf d' Nocht, vorehst Di niederlegst,« sagte sie und meinte: »Dös werdn ma glei heraussen hobn, obst Du koan Gschmoch host ... » — —

Der Haunreder kam schon bedeutend besser aufgelegt nach Muglfing zurück. Er lobte die Traudl über alles. Am andern Tag fing er mit dem Einnehmen an. Genau hielt er sich an Traudls Vorschriften und die Wirkung der Medizin war unglaublich. In der Früh' spie er den Kaffee und mußte auf den Abtritt sausen, los ging es von hinten und von vorne, oben und unten, in einem fort. Er kam überhaupt nicht mehr aus dem Häusl. Kaum glaubte er, jetzt ists zu End', kaum stand er auf und zog die Hosen hinauf, da — da fing's schon wieder an. Mittags war es das Gleiche. Und nachts zerriß es ihn schier. Direkt zum Narrischwerden war es.

»Herrgott, Herrgott, dös is ja dös reinste Höllnwassa..! Herrgott— Herrgott! Dös is ja grod wia direkta Urin..!« hauchte der Haunreder stöhnend, schwitzend und wimmernd. Da lehnte er wie ein Häuflein Elend. Mit knapper Not, daß er sich noch aufrecht halten konnte. Er soff das letzte Ouart hinunter, mit aller Überwindung, und konnte erst am übernächsten Tag zur Kohlhäuslertraudl hinübergehen. Wie ein Halbtoter kam er bei ihr an.

»Traudl!« gröhlte er heraus und schon spie er in großem Bogen von neuem. Schier den Magen riß es ihm herauf.

»Traudl!« wimmerte er zuletzt ganz und gar wie ausgewunden: »Dös reinste Gift!.. Direkt wia der reinste Urin..! Herrgott, Herrgott, mei Mogn! Mei Mogn..! Sowos Schlechts! Sowos Schlecht's ...!«

Die Kohlhäuslerin ließ ihn ruhig speien und stellte sich dann mannhaft hin. Saukalt kann sie schauen, die Traudl. Hundsmiserabel grob wie ein echter Doktor!

»So! .. Also … an Gschmoch host? .. Und an Mogn a? … Und so is's a nimma, ois wia wennscht beim Fenster nausschaugst … also …! Jetzt friß amoi an Koibsbrot'n noch a ra poor Tog ..!« sagte sie, verlangte ihre zehn Mark und aus war es.

Wehleidig kam der Haunreder nach Muglfing. Drei Tag hat er absolut nichts mehr essen können, aber dann ists tatsächlich wieder aufwärts gegangen mit seinem Appetit. Und wenn Du ihn heut' fragst über die Kohlhäusler-Traudl — er schwört darauf, daß sie mehr wert ist als zehn Professoren.

Der Held

Das ist nicht immer gesagt, daß einer, der im Krieg draußen das eiserne Kreuz erster und zweiter Klasse erworben hat, viel taugt. Im Gegenteil, der Sterzinger-Irgl war nichts als ein rechter Maulaufreißer, und mehr oder weniger hat die ganze Pfarrei Lermbach auf ihn mit Verachtung herabgeschaut. Was ist er denn auch schon geworden, samt dem, daß er's beim Militär bis zum Vizefeldwebel gebracht hat? Vom Krieg kam er heim. Er war der einzige Sohn. Der alte Sterzinger lag längst unter der Erde, die Sterzingerin verstarb im September 1919. Der Irgl bekam das Gütl in die Hand. Gleich wollte er heiraten. Zu der Schmauseder-Fanny ist er gekommen, hat sich aufgespielt als weiß Gott was und als die Fanny ihm nichts wollte, ging er her und packte sie am Kirchweihsamstag im Rheintrinkler-Wirtsgarten an. Aber sie war flinker als er und schlug ihm eine saftige herunter. Sicher wäre was passiert, wenn nicht der Wirtsmetzger die Sache gesehen hätte. Und der hat dann den großen Metzgerhund auf den Girgl gehetzt. —

Von da ab ging das Gespött an. Und sowas kann natürlich ein Mannsbild nicht vertragen und einer, der beim Militär »Vize« war, schon gleich gar nicht. Der Irgl wollte sich sozusagen rehabilitieren vor der Öffentlichkeit und wurde zum Wirtshausherumsitzer. Es verging kein Veteranenball, kein Kirchweihtanz — immer machte der Irgl Spektakel und jedesmal gab's eine Rauferei. Meistens bekam er seine richtigen Prügel, aber er hörte nicht auf, absolut nicht. Er wurde immer noch großmäuliger.

Da hockte er, beim Unterwirt oder beim Rheintrinkler, in der Postwirtschaft in Lermbach droben, bestellte eine Maß nach der andern und wenn's ihm gerade einfiel, zahlte er die Zeche für einen ganzen Tisch, bloß weil ihm einige beiläufig zustimmten. Mit der Zeit natürlich verkaufte er sein Gütl, versuchte noch ein paar Mal sein Glück bei einigen Bauernstöchtern außerhalb der Pfarrei, keine ließ sich zum

Heiraten bewegen, ja, und so langsam ging es eben immer mehr abwärts mit dem Irgl. Ab und zu arbeitete er gelegentlich als Tagwerker; hatte er wieder was, so hockte er wieder in den Wirtschaften herum.

Der Bürgermeister Schmauseder schimpfte ihn einmal höllenmäßig.

»Beim Militär!? ... Gehts mir zua mit'n Militär! ... Do werdn bloß d' Failenzer wos! An andrer net, daß D' es woaßt, Lakl, elendiger! Scham Di', Hammi versuffna! ... Dei Güatl host verwirtschaft und z'letzt muaß Di' d'Armakaß hobn!« schrie er beim Unterwirt über den Tisch hinweg.

Der Irgl sagte nicht viel darauf. Jeder, der da saß, war gegen ihn. Das ärgerte ihn. Er zahlte auf einmal und ging.

»I huif enk scho no! Wart's no..!« brummte er beim Hinausgehen.

»Ja, Du ..?! Dir braucht ma' ja grod an Hund noch hetzn, nachha derrennst Di!« spöttelte ihm der Schmauseder nach und alle lachten darüber.

Zum Löfflfinger, den er auf dem Heimweg traf, sagte der Irgl verbissen: »Paßt's na auf, ös großkopferte Saubaurn, i hoaz enk schon noch ei..!«

»Wia dös?« fragte der Löfflfinger: »Schaugst ja wia neun Täg Regnwetta, Irgl?«

»Ja, der sell hochgvotzert Bürgermoasta, den stopf' i sei Mai' (Maul) scho!« raisonierte der Irgl und erzählte.

Der Löfflfinger und der Schmauseder, die waren schon seit Jahr und Tag nicht gut aufeinander zu sprechen. Warum viel reden darüber! Der Löffelfinger schlug der Löfflfingerin einmal mit dem Gabelstiel den Kopf blutig und sie wußte nichts eiligeres zu tun, als davonzulaufen. Lief also zum Schmauseder hinüber und flennte und jammerte und wollte um alles in der Welt nicht mehr heimgehen. Am andern Tag brachte sie der Bürgermeister und schimpfte und drohte. — —

»Soso, ünsa Bürgermoasta? ... Ja, der! ... Der hot ja überoi dös groß' Wort! Ganz recht hoßt, Irgl! ... A Mannsbuid, wie Du? ... Beim Militär Vize g'wen und si' wia an Lausbuabn z'sammschimpfa loßn? ... Den tat i kemma, wenn i wia Du waar!« sagte also der Löfflfinger zum Irgl.

Und: »Himmiherrgottsakrament, der soit's gspürn, was a Vize is .. vor oi Leit!« knurrte der Irgl verbissen und ging weiter. — —

Etliche Tage darauf hatte der Bürgermeister mit dem Rheintrinkler wegen der Gemeindeumlage was zu reden, kam in die Wirtsstube, setzte sich hin und zündete sich die Zigarre an, die ihm seinerzeit der Major Berchtaler beim Veteranentag geschenkt hatte. Der Bierführer Rehm von Rauschenbach, der Wagner Neuner und der Schwengler-Peter von Petersbrunn saßen am Tisch. Am andern, ganz allein, hockte der Irgl. Kein Mensch kümmerte sich um ihn.

»Herrgott, dös is aba a Zigarrn! .. Dö riacht !!« meinte der Wagner Neuner: »Dö, moan' i', waar scho von a'ran ganz feina Herrn..?«

»Ja, dö is aa von a'ran feina Herrn. Dö is von Major Berchtaler,« sagte der Bürgermeister Schmauseder und lachte zufrieden.

»Drum ... Dös kennt' ma,« bestätigte der Bierführer Rehm.

Da — aufeinmal, mir nichts, Dir nichts — stand der Irgl drüben auf und ging auf den Schmauseder zu. Was war denn jetzt das? Alle schauten verdutzt auf ihn.

»Gib mir a Zigarrn!« stieß er heraus.

»Tha! .. Geh weg, sog i!« darauf der Schmauseder wegwerfend.

»A Zigarrn gib mir, sog i!«

»Jetz?! .. Jetz verziag Di, sog i!« wies ihn der Schmauseder bestimmter ab. Und die Andern rückten schon die Stühle herum und schauten drohend auf den Irgl.

»A Zigarrn gib mir, oder i zünd' Dir dein Stodl o!«

»Tha! ... Du? ... Geh weg, sog i, sünscht derlebst wos!« rief der Schmauseder verächtlich und schob ihn zurück.

Und der Rheintrinkler drängte ihn noch weiter weg; »Geh weg! .. Wos is denn jetzt net dös! Bist ja doch ganz und gor verruckt!«

»A Zigarrn mächt i! Gibst mir koane?« schrie der Irgl abermals. Alle werden ungeduldig.

»Ja, Herrgottsakrament ...!« schrie der Bierführer Rehm.

»Sauhammi..!« der Wagner Neuner.

»I zünd'n o, wenn i koa Zigarrn kriag! I zünd'n o!« bellte der Irgl.

»Zünd o sovuist wuist! Dös werdn mir scho sehng, Du Herrgottsakrament-sakrament! ...

Jetz hoitst s'Mai oder es passiert wos!« schnellte der Schmauseder auf.

»Naus bei der Tür! Naus! Aber sofort!« drohte der Wirt ebenso. Da ging der Irgl.

»Also, Du gibst mir koane!« schrie er noch einmal zurück.

»Weiter! Naus!«

Draußen war er. Erregt und verärgert brummten die Zurückgebliebenen ineinander. Allmählich wurden sie wieder gemütlicher.

»Is ja doch a Schand und a Spott mit den Lakl!« schloß der Rheintrinkler die Debatte über den Irgl. Man redete von was anderem.

»Dö Hitz heunt!« sagte der Wagner Neuner und trank sein Bier aus. Der Bierführer Rehm stand auf. Auf einmal riß der Irgl die Tür wieder auf und ging abermals auf den Schmauseder zu: »Jetz brennt er! Gibst mir jetz a Zigarrn oder net?!«

Der Bürgermeister schaute flüchtig durchs Fenster, auf seinen Stadel hinüber. Kein Rauch, gar nichts war zu sehen. Der Löfflfinger stand auf der Tennenbrücke und ging in die Tenne.

»Kriag i oane?!« keifte der Irgl. Da war's mit der Geduld der Fünf zu Ende. Der Bierführer Rehm reckte den Arm und — patsch — hatte der Irgl eine, daß es ihn direkt drehte. Der Rheintrinkler packte ihn, schlug und stieß, riß die Tür auf und schutzte ihn hinaus.

»Is net der Müah wert, daß ma si d' Arm müad macht wega dem Sprecha, den wehleidign!« sagte der Schmauseder mit aller Verachtung.

»Derschlogn ghärert er!« fluchte der Bierführer.

Da — plötzlich schlug der Rauch auf und mitten am helllichten Nachmittag fingen drüben im Kirchlein die Zinnglocken zu läuten an. Den Schlemmerknecht sah man laufen, die Lehbergerin und noch einige Weibs- und Mannsbilder: »Brenna tuats, brenna tuats! Huj! Es brennt!! Brenna tuats!!« — —

Der Schmauseder rannte zur Tür hinaus, der Wagner Neuner hinterher, der Wirt, der Schwengler-Peter und der Bierführer Rehm.

»Gell, i hobs gsagt, daß brennt! Gell, weilscht ma koane gebn host!« bellte der Irgl den Schmauseder an und flog an die Wirtshauswand, daß er krachte ....

Heute sitzt er im Zuchthaus Straubing, samt dem, daß er »Vize« war und das Eiserne Kreuz erster und zweiter Klasse hat. — —

Wart' no …!

Die Indianer, Tibetaner, Indier, die Neger Zentralafrikas, die Türken und Araber, die Hunnen und alten Deutschen, die Briganten Italiens und die Kriegervereine aller Länder hatten oder haben noch ihre herkömmlichen Racheschwüre. Wie sich das unter solchen wilden Völkerschaften gehört, klingen diese Schwüre größtenteils pathetisch, kommen sozusagen aus dem Allgemeinen und sind für die Allgemeinheit des jeweiligen Feindes bestimmt.

Auch einen bayrischen Racheschwur gibt es, aber dieser Spruch ist keineswegs — sagen wir — »volklich«. Er ist absolut privat und bezieht sich immer auf den Einzelnen. Und wenn er auch weniger drohend klingt, das eine zeichnet ihn vor allen anderen Racheschwüren aus, ihm folgt früher oder später stets die Rache selber. Der bayrische Racheschwur heißt: »Wart' no …!« —

Hüte Dich, geliebter Leser, vor ihm. Trifft er dich aber dennoch, dann gib genau acht. Hörst du früher oder später einmal ungefähr so etwas wie: »So!.. Daß'd Dirs mirkst!« oder: »Krippi, hundsheiderner, jetz host'd ös …!« dann sei zufrieden, denn alsdann — du wirst es ja schließlich merken — ist die Rache gewissermaßen an dir vollzogen und zum Abschluß gelangt. — —

Beim Hastreiter in Murling heißt man's seit Vaterszeiten »Beim Hungerbauern« und woher das kommt, ist kurz erzählt:

Der erste Hastreiter, an den ich mich erinnern kann, hat sein Leben lang ohne jeden Grund alte Hafendeckel, verrostete Nägel, Schrotpatronenhülsen, Knöpfe, Lumpen und Papierfetzen, kurz und gut alles, was er auf dem Boden liegen sah, aufgehoben, heimgetragen und in Säcken, hinten im Stadel aufgestapelt. Was er damit bezwecken wollte, war niemanden klar. Er konnte es ganz einfach nicht vertragen, daß wer etwas wegwarf. Als er sich dann niederlegen mußte und die Sterbsakramente bekam, nach der letzten Ölung, machte er ein dermaßen elendigliches Gesicht, daß es der Pfarrer nicht übers Herz bringen konnte und ihn bekümmert fragte: »Hastreiter? ... I' siehch Dir's o ... Du host noch wos auf'n Herzn! Sogs! Sogs Hastreiter ...!«

Der Hastreiter, gewissenhaft, wie er war, hat sich noch einmal umgedreht und zur Antwort gegeben: »Scheißli! Scheißli, Hochwürden! ... Wenn i jetz na nimma bin, nana werfa's ja glei dengerscht ois weg ...!«

Und dann war's aus mit ihm.

Der Silvan, sein Ältester, hat sich diese letzten Worte zu Herzen genommen. Er war der Vater, auf und nieder. Sein Spartrieb ging noch weiter. Ging er, wo auch immer, seine Notdurft verrichtete er stets nur in s e i n e m Abtritt oder auf s e i n e n Grundstücken. Darauf war er direkt erpicht.

»Ünsa Mist is für ünsere Gründ' ..! Närrisch bin i und dung' wo anderst!« sagte er bei solchen Gelegenheiten, wenn er beispielsweise nachts vom Wirtshaus heimging und den Drang hatte, seine Blase auszuleeren oder sich auf andere Weise leichter zu machen. Und auch von seinen Kindern und von der Bäurin verlangte er dies. Man hielt sich auch dran. Ein Hastreiterdreck blieb in der Familie. —

Es läßt sich leicht erklären, daß der Silvan kein Freund von Dienstboten war und noch weniger von gutbezahlten. Was ihn aber am meisten wurmte, war, wenn so ein Knecht viel auf's Essen hielt. Da wurde er ungemütlich.

Kurz und gut, der Silvan Hastreiter nahm darum den Huglberger-Michl als Knecht. Der hatte ein Magenleiden und konnte das Meiste nicht vertragen. Auf sowas konnte man sich einlassen. —

Anfangs ließ sich auch alles ganz gut an. Der Michl brachte einfach nichts hinunter, höchstens einen Teller Suppe, schließlich eine halbe Schmalznudel und Sonntags ein Stück Fleisch, das ihm die Hastreiterin auf die Seite der hölzernen Platte parat legte, an der er saß.

Auf einmal aber wurde es anders. Wie das bei kranken Leuten öfters der Fall ist, nämlich, daß sie herumdoktern und herumdoktern, so auch beim Michl. Die Kohlhäusler-Traudl von Walchstatt behandelte ihn mit »Sympathie« und das half merkwürdigerweise. Der Michl bekam allgemach einen besseren Appetit und griff auf einmal geradezu erschreckend zu beim Mittagessen. Der Hastreiter wurde zusehends verdrießlicher über diese »Saukur«.

»Geh! Jetzt friß no wieda recht nei, daß d' Dir an Mogn ganz und gor verdirbst!« knurrte er den Michl an und versuchte es vorläufig mit wohlmeinenden Belehrungen:

»A so a Mogn, wenn er amoi a so heruntn is, der vertrogt doch net glei aufamoi soichane Häufa Fresserts! ... Dös macht ma doch noch und noch! Z'erscht a bißl wos, nachha a bißl mehra und kloaweis so furt ... Sowos loßt si doch net üba s'Kniea obrecha, Rindviehch, dappigs! ... Werst ös scho sehng, do gehts Dir wia an oitn (alten) Hanniglfeschl! Der hot a a so a Leidn ghabt ... auf amoi hot er an Appatit kriegt und hot recht neigfressen ... wos is's nachha gewen? ... Na hot er an Mognkrebs kriegt und is auf elendige Weis' z'Grund ganga ... Dös Gleich' passiert mit Dir!«

Aber der Michl war unbelehrbar. Immer deutlicher mußte der Silvan werden. Er wurde grober.

»Dös gibt's ganz einfach net!« schimpfte er jetzt: I hob Di doch net zon Freßn eingestellt?! ... Wos glaabst denn Du! .. Sowas ghärt si' doch net für an Dieanstbotn..!«

Und immer mehr raisonierte er über Michls guten Appetit. Und bei dieser Gelegenheit brummte der Michl zum ersten Mal: »Wart no ...!« Er murrte es eigentlich mehr für sich. Die Hastreiters hörten auch nicht weiter darauf. Sie waren sein Gemurmel gewohnt. Mißgünstig gegeneinander stand man diesmal vom Essen auf.

Jetzt war's nicht mehr schön für den Michl. Aber so mir nichts, Dir nichts mag man schließlich auch nicht den Dienstplatz wechseln. Der Michl hielt also aus. Der Hastreiter wurde von Tag zu Tag mürrischer.

Am Antlaß-Sonntag gab es ausnahmsweise von dem Kalb, das der Petzinger von Buchberg zum Schlachten gekauft hatte, Braten beim Hungerbauern. Der Hastreiter aß mit vollstem Appetit, die Hastreiterin ebenfalls, der Loisl genau so und die Vev auch. Der Michl hatte sein Stück aufgegessen und wollte noch eines aus der Reine fischen, aber der Hastreiter schnappte es ihm weg, obgleich der Michl seine Gabel schon in den Fleischbrocken hineingespießt hatte.

»Loß hänga, wos hängt, sog i'!« fuhr er den Knecht an. Der Michl sagte weiter nichts. Nach dem Essen stand er auf und ging in den Stall hinüber und als der Loisl kurz darauf ebenfalls hinüberkam, brummte er zum zweiten Mal: »Wart's no ..!«

Aber man sah nichts Verdächtiges, man bemerkte nichts Besonderes. Nur war es auffällig, daß der Michl jetzt mitunter arg lang auf dem Abtritt saß. Überhaupt, das mit diesem Verschwinden, oft mitten in der Arbeit, — das war nicht sauber. Der Hastreiter — wie das schon einmal ist, wenn man einen Knecht nicht mehr leiden kann — der Hastreiter wurde mißtrauisch.

»Herrgottsakrament—sakrament! Worum scheißt er denn jetz oiwai so lang!« polterte er ärgerlich unterm Dreschen und »Michl! He, Michl!« brüllte er zum Tennentor hinaus. Aber vom Michl war nichts zu sehen und zu hören. Der Hastreiter schrie noch lauter. Nichts. Da ging ihm die Geduld aus. Schnurstracks rannte er über den Hof und hinter den Stadel, wo das Häusl steht. Zu darauf und die Tür gepackt, war eins. Sie ging sofort auf und das Häusl war l e e r.

Der Hastreiter schaute verdutzt einen Moment hinum, schaute herum. Vom Michl war nichts zu sehen.

Hinter dem Häusl, scharf an den Hastreiderstadel grenzt der Hekkenzaun vom Astallerobstgarten. Die struppigen, niederen Tannen waren hier auseinandergedrückt. Der Hastreiter hörte auf einmal ein verdächtiges Keuchen und Ächzen und lugte argwöhnisch durch das Zweigwerk. Zwischen der Haselnußstaude und dem dicken Frauenbirnbaum hockte der Michl und drückte, was er konnte. Dem Hastreiter stieg der Groll in den Kopf.

»Ja Himmiherrgottsakrament! Michi! Wuidsau dreckerte!« bellte er wie ein wildgewordener Kettenhund: »Konnscht denn net aufs Haisl geh, ha!!«

Aber es schaute gar nicht darnach aus, als ob der Michl arg erschrekke. Ganz gemächlich richtete er sich auf und zog seine Hosen hinauf. Den Hastreiter sein Fluchen genierte ihn nicht im mindesten. Er drehte sich gelassen herum. »So..!« stieß er brummend heraus: »Daß 'd Dir's mirkst!... Wennst Du moanst, Du konnst mi hungerleiden loßn und gibst mir nix z' Fressn, na trog i a mein Dreck wo anderst hi..!«

Und das war dem Hastreiter denn doch zuviel. Auf der Stelle sagte er dem Huglberger-Michl den Dienst auf. —

Die verdorbene Primiz

Dies ist passiert seinerzeit, wie man noch Nachtarbeit bei den Bäckereien gehabt hat und wie ich noch gelernt hab daheim. Dazumal hat von unserm Lehrer Strasser der älteste Sohn, der Kajetan, ausstudiert gehabt und zwar auf Geistlichkeit. Das war wirklich ein großes Ereignis im Dorf, das heißt, eigentlich nicht das, daß der Kajetan jetzt endlich fertig gewesen ist, sondern daß er die Erlaubnis erhalten hatte, in seinem Heimatdorf die Primiz zu feiern, war das Großartige dabei.

Dazumal hat mein Vater noch gelebt und wenn ichs recht sagen soll — selig hab ihn Gott, meinen Vater — aber, wenn ihm was zuwider war, dann war's ihm ganz einfach zuwider. Und zuwider war ihm das meiste, was sozusagen die Besseren vom Dorf inszenierten. Soviel mir erinnerlich ist, hat er nur ein einziges Mal eine Gemeindeversammlung besucht und bei dieser Gelegenheit den Bürgermeister Reglinger derartig grundlos persönlich beleidigend geschimpft, daß der Reglinger — ein Mannsbild von schier zwei Zentnern Gewicht — auf einmal wie ein kleines Kind zu weinen angefangen hat. Das zweite Mal hat er's dem Lehrer Strasser so gemacht, weil er mich und meine kleine Schwester damals nicht mitlassen hat wollen zur »kleinen Kirchweih« nach Deining, wo unser Vetter, der Hintermeierbauer seinen Hof hat. In Deining fällt der kleine »Kirta« auf den Nikolaustag, am 6. Dezember. Mein Vater spannte den Schlittengaul an, fuhr beim Schulhaus vor, ging hinauf ins Schulzimmer, klopfte und sagte, als der Lehrer Strasser herauskam: »Herr Lehrer, i mächt meine zwoa Kinder gern in'n Kirta mitnehma .. Morgn kemma's scho wieder … San's so guat, Herr Lehrer.«

Der Lehrer Strasser, wenn er grad' nicht gut aufgelegt war, hat oft recht ausfallend sein können, und auf meinen Vater war er — ich weiß nicht warum — überhaupts nie nicht gut zu sprechen. Kurz und gut, der Lehrer Strasser war an dem Tag saugrantig, macht eine barsche

Handbewegung und sagt zu meinem Vater auffallend grob: »Babberlababb!.. Für Ihre Kinder gibts auch keine Extrawurscht!«

»Wos? ... Babberlababb!? Babberalbabb!? .. Ist dös vielleicht eine Antwort für an zahlenden Bürga? .. Babberlababb?« schreit da mein Vater: »Babberlababb!! Kreizherrgottsakrament—sakrament! O'gnoglter Himmiherrgottsakrament—sakrament, Sie Federfuchser, Sie! Für wen san denn Sie do? Wer derhoit iahna denn, Kreizkruzifiz! .. Bin i für iahna do oder Sie für mi?! .. Jetz dös is doch direkt a Schikaniererei und sunst nix.« — —

Er kam aber nicht mehr weiter. Der Lehrer Strasser ließ ihn einfach stehen und schlug die Schulzimmertür zu. Mir und meiner Schwester rief er kurzerhand zu, wir sollten machen, daß wir hinauskommen, unser Vater sei draußen und fuchsteufelswild schaute er uns an. Wir wußten schon was es war, machten recht scheinheilige Gesichter, packten eilsam zusammen und erwischten unseren Vater gerade noch drunten, wie er anfahren wollte. Bis nach Deining hinüber fluchte und schimpfte er auf den Lehrer Strasser und immer wieder sagte er zu mir: »Buawei, dös mirkts enk! .. Sowos is ma doch meiner Lebtog no net vorkemma..!«

Auf dem kleinen Kirta war es sehr schön. Ich hab mich dreimal brechen müssen, weil mir mein Vetter in einem fort den Maßkrug hinschob und sagte: »Trink nu, Buawei, trink nu! Do kriagst a Flax'n (Kraft)..«

Meine kleine Schwester konnte beim Heimfahren das Wasser nicht mehr halten und näßte in den Rock. Es war wirklich sehr schön und lustig. Aber der Lehrer hat daraufhin meinen Vater wegen Beleidigung verklagt und von daher datierte sich sein Haß auf den »Federfuchser«.

Damit ich aber nichts durcheinanderbringe, also die Sache war so mit der Primiz des Lehrer-Strasser-Kajetan:

Die ganze Woche war das Dorf tätig, um ja alles recht feierlich zu machen. Auf dem Bürgermeister Reglinger seiner Lende, hinten, beim Dorf draußen, wurde ein Feldaltar aufgestellt. Halbmondförmig rahmten denselben Palmen aus der Hofgärtnerei, Blumenstöcke und sonstige Pflanzen, und die große Lende selber war wiederum viereckig von einem künstlichen Gierlandenzaun eingefriedet. In diesem Gebiet sollten die Beter knieen. Ein mächtiger Triumphbogen war am Eingang der Umfriedung, aus Tannenzweigen, mit Blumen besteckt und weißblauen Fahnen verziert. So wunderbar war alles, daß man die ganzen Tage in der Pfarrei davon sprach. Auch das Wetter war schön, jeder Tag war wolkenlos und herrlich. Der Lehrer Strasser mühte sich fieberhaft, dem Gesangverein eine deutsche Messe beizubringen und bei uns aus dem Feuerwehrhaus wurden die vier Böller herausgeholt und draußen vor der umfriedeten Lende aufgestellt. Der Veteranenhauptmann Lerbinger hatte dem Kragerer-Xaver und dem Globerger-Irgl den Befehl erteilt, den Primiztag »anzuschießen«. In der Früh um vier Uhr sollten die zwei zu schießen anfangen und nicht mehr aufhören, bis zum Gebetläuten um fünf Uhr. »Da Vetranaverein konn si do net o'schaugn loßn ... an 'ran soichern Tog do muaß ois z'sammstimma,« sagte der Lerbinger zum Bürgermeister Reglinger: »In da Religion müaßn mir Kriaga vorausgeh' ..«

Am Abend vor dem Primiztag wurden die Böller geladen und zugedeckt. Der Kragerer-Xaverl und der Globerger-Irgl hielten Nachtwache dabei. Ich weiß es noch wie heute. Mein Vater, der dazumal schon längst nicht mehr persönlich in der Bäckerei mitarbeitete, mußte an den Wochen- und Sonntagen meistens die verschiedenen Wirtschaften besuchen und dort, weil sie zu uns Kundschaft waren, Zechen machen. Er kam von einem solchen Zechbesuch meistens so um elf oder halb zwölf Uhr bei der hinteren Haustüre herein, ging dann vor dem Bettgehen noch einmal in die Backstube und unterhielt sich mit den Gesellen und mit uns Buben. Die Gesellen hatten ihn gern, weil er meistens in der besten Laune war und mitunter jedem eine Maß Bier bezahlte.

Am Vorabend des Primiztages kam er auch so in die Backstube, zog auffallenderweise etwas eilig die Tür zu und ging mit verschmitztem Mundwinkelzucken auf den Schießer (erster Geselle) zu. Und wenn er ein solches Gesicht machte, dann hatte er meistens etwas im Sinn mit uns allen. »Schiassa,« fing er dann gedämpft an und wir spannten alle.

»Schiassa?« sagte er auch diesmal: »Buam, wennd's ma dösmoi den sölln gspreiztn Lehrer-Kaitan sei Primiz verpfuscht's, na kriagt a jeder a Mark vo mir und trinka kinnt's wos't's wollts, aber stad sei müaßt's! .. Ös müaßt's ös schlauch opacka! .. Brauchts ja weiters koan Unfug mit'n Altar macha! ... I bin a religiösa Mensch, aba sowos, daß ma bei' 'ra so a Kircha-Anglegenheit schiaßt wia bei Sedan, dös g'härt si net! .. Dös is ja doch nu nia dog'wen! .. Wos braucht denn an angehender Pfarra, der wo seiner Lebtog nix von Militär siehct und härt, a Schiasserts..?.. Dös hot bloß wieder der sell scheinheili Lerbinga g'macht, daß er rächt b'steht bein Herrn Pfarra und bein Herr Lehra! .... Schiassa? ... Dö spielt's an Postn! .. Teahnts mir den Gfoin (Gefallen) ... Grod a Freid muaß sei, wenn dera scheinheilign Gsellschaft a Strich durch d' Rächnung gmacht werd ..!«

Er konnte bei solchen Gelegenheiten so einnehmend freundlich sein, mein Vater, daß er stets Erfolg hatte und bei uns war ihm sowas immer sicher. Er ging nach einer guten Stunde ins Bett und wir überlegten uns die Sache sehr gründlich. Alle waren wir ein Feuer und eine Flamme dafür, der Schießer, der Mischer und mein älterer Bruder und ich. Als wir nach dem Semmelmachen rasteten, ging auf einmal hinten die Tür und der Kragerer-Xaverl und der Globerger-Irgl kamen herein. Die Zwei hatten hübsch arg in den Maßkrug geschaut und torkelten schwerfällig zur Backstube herein.

»Daß d' Zeit ehnder vergeht!« meinte der Xaverl und rülpste bedenklich. Ganz gläserige Augen hatte er. Und der Irgl stellte sich hin und wollte ein Reservistenlied anstimmen. Der hatte die Augendeckel schläfrig zugeklappt und lehnte sich gleich an die Wand.

»Machts net an solchern Lärm, Rammin, gscherte! .. Seid's stad!« sagte der Schießer leger und war gar nicht weiter unfreundlich zu ihnen. Er verbat sich bloß das Singen und weil die zwei Burschen durch die dampfige Wärme der Backstube etwas schläfrig wurden, sich auf die kleine Truhe hinhockten und die Köpfe sinken ließen, sagte er gemütlich: »Noja, ös is ja aa a langweilige Gschicht, dös Wachtbrenna! .. Do kinn' ma enk net braucha! Do stehts üns an Weg ... Gehts weita, i füahr enk a d' Mehlkammer hintri ... Do kinnt's enk auf d' Säck' auififlacka und ruaßln (Schlafen) ... Wenns Zeit is, weck' ma enk scho auf .. Gehts weita ..!«

Bereitwilligst folgten die Zwei. Sie schleiften zwar ein wenig an der Wand lang, aber sie kamen glücklich bis zur Mehlkammer.

»Du bischt a guata Mensch, Schiassa! ... Du bischt a sehr a guata Mensch ..« hörten wir den Xaverl noch brümmeln und dann kam der Schießer und sagte: »Liegn scho! ... Do paßts auf, dö schlafa glei ... Jetz is's ja leicht ... Do paßts auf, wos mir dö für an Postn spieln ..«

Er musterte die Semmeln auf den Brettern und nachdem er sich überzeugt hatte, daß sie noch nicht gegangen waren, sagte er eilsam: »Also los ... Dö schlafa scho ... Gehts weita, schnell, los, .. do hobn mir grod noch Zeit ..«

Auf der Dorfstraße war's mondhell und rundherum rührte sich nichts. Wir steckten unsere ledernen Pantoffeln zwischen die Gartenpfähle und schlichen barfuß hinter dem Greiner seinem Stadel vorbei, durch den Bätz-Obstgarten und kamen so auf die Reglingerlende, gerade vor die vier Böller, die dahockten wie schlafende, zusammengekauerte Kälber.

Rechter Hand von der Lende ist der kleine, dreckige Weiher vom Braxeder, wo man Sommers die Pferde in die Schwemme führt. Obwohl das Wasser mannstief ist, badet sonst keiner darin, weil der Grund verwachsen ist und allerhand schleimiges Viehzeug darin haust.

»Also, paßts auf! .. Dö Böller müaßn verschwindn, daß's koana mehr find't ... Packts fest o!« sagte der Schießer kurzerhand und versuchte es, aber die Böller waren hundsmiserabel fest angepfostet. Wir arbeiteten wie auf dem Akkord, bis wir die Stempfen herausbrachten und schleppten dann zu viert jedesmal ein Stück zum Braxederweiher. Erst als wir alle vier dort hatten, schutzten wir sie hinein. Jedesmal spritzte das Wasser hochauf und Patsch! tats, daß mans weithin hören mußte. Es war bloß gut, daß der Weiher nicht in der Nähe von einem Haus war. Aber beim vierten Wurf fing der Sauhund vom Reglinger zu bellen an. Wir fingen zu laufen an, was wir konnten, warteten dann hinter dem gezierten Altar bis alles wieder ruhig war und schlichen uns ins Dorf, heim.

Jeder schwitzte, daß ihm das Wasser herunterlief wie einer Sau. Die Semmeln waren vergangen und wurden richtige Batzen. Dafür gerieten uns aber die Bretzen umso besser.

Es wird drei Uhr, es schlägt vier Uhr. Wir horchen hinaus. Etliche Fensterläden klappern. Der Ederinger macht Licht im Stall, die Lermoserin geht zum Gartentürl, beim Hemmerberger murmeln die Leute, was es denn mit dem Taganschießen ist. Wir rennen herein und wecken den Xaverl und den Girgl. Gebetläuten tut's schon. Das ganze Dorf wacht auf. Der Girgl und der Xaverl schleichen sich eilsam hinaus zur Reglingerlende, dann geht ein Lärm an im ganzen Dorf, die Leute laufen, reden, schimpfen, murmeln und laufen zur Primizlenden hinaus. Ein wahrer Aufruhr wird es.

Der Xaverl kam zu uns, ganz nüchtern war er, und fragte nach den Böllern und ob wir denn nichts gehört hätten und warum wir ihn haben schlafen lassen, jetzt sei sein ganzes Renommé verpfuscht. Da bugsierte ihn aber der Schießer hinaus.

Dem Irgl hat der Lerbinger glatt eine hineingehaut, daß es ihn umgerissen hat und sofort, hat er gesagt, ist er ausgeschlossen aus dem Veteranenverein, er und der Xaverl.

Zuletzt gab es sogar ein Handgemenge, wobei der Xaverl, weil er sich die miserabligen Vorwürfe vom Lerbinger nicht gefallen ließ, dem Finsterertoni einen Blumenstock auf den Kopf schlug und dummerweise kam dabei der ganze Altar durcheinander.

Die Lermoserin und die Vögginger-Genovev weinten über eine solche Schande und mit knapper Not entgingen sie den Prügeln. Der ganze Altar war zerrupft und die gestickte Decke, welche die Genovev eigens für die Feierlichkeit gemacht hatte, ging dabei zugrunde.

Es war wirklich eine furchtbare Aufregung. Nachdem sich nämlich durch Reglingers Eingreifen das Raufen gelegt hatte, fing man wieder das Böllersuchen an und vergaß ganz und gar dabei den Altar wieder herzurichten. Die Glocken läuteten schon zum ersten Mal und der Kajetan — als er sich noch vor der Messe alles der Ordnung halber ansehen wollte — weinte schluchzend, verlor ganz und gar den Kopf und die Fassung.

»Ich hab kein Glück nicht! .. Ich hab kein Glück nicht!« heulte er und trotzdem, daß sich fast das ganze Dorf in aller Eile daranmachte und den Altar auch wieder ganz passabel in Ordnung brachte, verlief die Primiz recht einschichtig und trübselig. Bei der Predigt blieb der Kajetan gewiß viermal stecken und alle Leute waren unlustig und meinten, das sei schon ein schlechter Anfang, gut gehe das nicht hinaus.

Mein Vater war an dem Tag trotz der verpfuschten Semmeln von einer Fidelität, die ich nicht mehr wieder an ihm erlebt habe. Kam aber wer in den Laden und fing von der mißlungenen Primiz an, so machte er das teilnehmendste Gesicht von der Welt und sagte in einem fort: »Na .. Also sowos is ja dach scheißli, scheißli — a so a religiöse Feierlichkeit a so verhonageln, hmhahmha! .. Es muaß doch scho rechte Lackl gebn bei üns ...« Und dann kniff er die Lippen unter dem Bart so fest als er nur konnte zusammen, wie er es immer tat, wenn ihm was hinausgegangen war.

Unser Schießer und Mischer waren an dem Tag in Rauschenbach drüben und brachten beide einen Rausch heim. Das Backwerk wurde aber gut, trotzdem. —

Die Böller fand man erst vier Jahre später, als einmal der Braxederweiher austrocknete. Man konnte sie aber nicht mehr brauchen, so verrostet waren sie. Sie stehen heute noch im Feuerwehrhaus, die dicke Schlammkruste ist hart geworden und Ratten nisten in den Löchern.

Wenn der Major Ammetsberger nicht damals bei der Kriegerdenkmalsenthüllung für die Gefallenen des Weltkrieges 1914/18 zwei Böller gestiftet hätte, könnte man heute noch nicht schießen...

Inflation

Inflation, das hieß in unserer Bauerngegend: »Ünser Sach' steigt im Wert«. Zu damaliger Zeit lernten wir recht unterhaltlich die ausländischen Währungen kennen und das Kurszettellesen.

»A so a Zeitung is a Kapitai..!« sagte sich jeder.

Die Mark fiel, der Dollar stieg. In den Zeitungen stand jeden Tag, daß Deutschland am Ruin angelangt sei und — unter uns gesagt — Du hast Dich nicht ausgekannt, war jetzt der »sell gschroamäulert« Poincaré oder die Revolution oder die »preißische Regierungsbagasch'« schuld.

»Noja ... D' Schiaba und d' Judn hobn ois in dö Händ' und wirtschaftn in iahnane Säck' nei! ... Ehvor net richti durchgriffa werd', werd's net anderscht, der Saustoi ruiniert üns no oisamm!« sagte dazumal bei jeder Gelegenheit der Ehringer von Atzing. Er hat seine vierzig Stück Vieh und den größten Hof, vollkommen schuldenfrei. Und jeder war seiner Meinung.

»I' gib überhaaps nix mehr her für dös lumpert Papiergeld,« sagte sich jeder: »I' sog amoi sovui, wenns a so furtmacha mit iahnan Regiern, nachha kriagn ma ja doch an Staatsbankrott, aber d' Sach bleibt d' Sach' und da Dollar bleibt an Wert..!«

Der Ehringer hat sich alle landwirtschaftlichen Maschinen neu gekauft. Beim Lermer haben die vier Töchter neue Nähmaschinen und Fahrräder bekommen, der Leixner-Xaver hat einen Bechstein-Flügel gekauft und eine Biedermeier-Einrichtung, weil alles so schön poliert war. Der Schlemerwastl war einmal in der Stadt und kam und sagte beim Unterwirt: »Is ja weida koa Schodn ... Und s' Geld is sicha o'glegt ... Jetz i hob mir zwoa Miethäusa kaaft..«

Und daraufhin wurde es allgemein üblich, daß man sich in der Stadt Miethäuser zulegte.

»Woaß' der Teifi! .. Dö Sach' gfoit ma net mit dera Regiererei ... Mi kinna's gern hobn mit iahnan Entwertn ... I deck' mi ei, na is gsorgt für meine Kinda, …. Und selba mächt' ma doch schlieaßli aa amoi sein Ruah hobn in dö oitn Täg' … Jetz hob i's hoit amoi probiert mit a ran Hausstock,« erzählte kurz darauf der Argelsberger. Er besitzt heute vier Mietshäuser in der Stadt. Die Inflation hat uns nicht weh getan, aber der Ehringer hat Recht gehabt …

Mir fehlt nix ...

Der Lippenbauer von Pfrieming hat seinen Knecht geschaßt. Schon lang war er ihm zuwider, aber er wartete noch die Einernte ab. Die Abneigung zwischen Bauer und Knecht datierte übrigens schon vom Sommer her und war in den letzten Wochen so offensichtlich, daß es krachen mußte.

Am Sonntag kam der Knecht mit einem ganz schweren Rausch heim und das kam dem Lippenbauern wie gewünscht. Frech, wie schon einmal so Dienstboten geworden sind, warf der Knecht schon beim ersten Wortwechsel die Gabel hin, ging kurzerhand hinauf in das Kammerl und verließ gleich darauf im Sonntagsgewand den Bauernhof.

Es wird wohl überall so sein — wenn man die Arbeit aufgibt, macht man sich einen guten Tag. Der Lippenbauernknecht ging nach Himmelbach hinüber, verhockte zuerst beim »Löwenwirt« einige Stunden, dann beim »Postwirt« und wurde immer übermütiger. Zum Schluß sagte er: »Jetz is's scho ois gleich!« und ging, schon sternhagelvoll, in die »Rüdesheimer Weinstube«, wo es städtische Kellnerinnen mit großen Busen und Zierschürzen gibt, die schon ausnehmend freundlich sein können.

»So, jetzt gehts nu her! ... versuffa werd heunt ois!« gröhlte er, der Lippenbauernknecht, und weil ihm die Kellnerinnen gar so einnehmend an den Körper gingen, wurde die Zeche direkt unheimlich. Der Rüdesheimer-Weinstubenwirt faßte ein Mißtrauen, weil ihm das viele Geld seines Gastes auffiel und meldete es dem Wachtmeister Berlinger. Kurz vor der Polizeistunde, nachdem der Lippenbauernknecht immer noch nicht aufhören wollte, kam der Berlinger. Der Knecht wollte ihn einladen, aber der Berlinger hörte absolut nicht hin und wurde auf einmal recht ekelhaft pflichttreu.

»Wo habn Sie denn dös viele Geld her?« wollte er plötzlich wissen und weil der Knecht daraufhin saugrob wurde, nahm er ihn mit. Bei der Untersuchung im Amtslokal fand man noch immer ungewöhnlich viel Papiergeld in den Taschen des Klienten. Sowas konnte nicht rechtmäßig erworben sein, sagte man sich auf der Polizeistation und weil der Knecht in seinem Rausch nur in einem fort direkt hochverräterisch schimpfte, begab sich der Wachtmeister Berlinger am andern Tag nach Pfrieming hinüber, zum Lippenbauern. Der machte ein mißtrauisches Gesicht, denn ein Gendarm ist bei uns immer unbeliebt, kommt er wegen was er mag. Aber der Wachtmeister Berlinger hatte die vertrauensvollste Miene von der Welt und fragte leger: »Lippenbauer, ich mächt nur fragn, geht Dir nicht ein' Haufen Geld ab ..?«

»Mir? Geld? .. I wüßt' nix,« wich der Lippenbauer aus. Aber wie schon einmal so hinterlistige Gendarmen sind, der Berlinger hörte nicht auf mit dem Fragen und berichtete schließlich von dem Vorkommnis mit dem Knecht in der Rüdesheimer Weinstube. Daraufhin ging der Bauer denn doch hinauf und schaute nach. Der Berlinger war schon ganz glücklich, daß er einen so guten Fang gemacht hatte mit dem Knecht und wartete geduldig in der Küche. Es dauerte gar nicht lang, da kam auch schon der Lippenbauer wieder schweren Schritts die Stiege herunter. Mit größtem Eifer riß der Wachtmeister die Tür auf und fragte: »No ..?«

»Mir fehlt nix ... !« sagte der Lippenbauer kurz: »D' Truha is no voi, der Kommodkastn a, und vo dö Troadsäck (Getreidesäcke) is a nix rauskemma ... « — — —

Wegen »Mangels eines Beweises« wurde am andern Tag der Knecht auf freien Fuß gelassen. — —

Das Fahrrad

Beim Raminger in Fröttmaning hat man zur Inflationszeit die Banknoten in den Kommodkästen und in der Getreidetruhe aufbewahrt. Zuletzt — als das alles kaum mehr zum Zubringen war — warf man die Scheine in den leeren Krautkübel und hat den Haufen von Mal zu Mal fest eingedrückt. Der Raminger war keiner von den »Protzenbauern«, er war der Ansicht, Geld bleibt Geld. Ausgeschlossen, daß er so dumm war und sich nun Miethäuser, Klaviere und weiß der Teufel was für neumodisches Zeug kaufte.

Erstens einmal sagte er: »Dappi bin i, und zoag an Steueramt, wos i hob..« und zweitens, wenn er »Eine Milliarde«, »Eine Billion« hörte, dann war's für ihn ganz einfach aus.

»Sowos hot ma in Friedenszeitn für a Mark a fufzgi kriagt ... Jetz aufamo kosterts a Milliardn. Den Schwindl mach' i net mit,« sagte er und damit basta. Der Raminger war für's Sparen, für's Aufheben. —

Der Wastl, der einzige Sohn, wollte ein Fahrrad haben.

»A Radl mächt i, Voda!« sagte er, der leichtsinnige Löffel. Man saß um den eschernen Tisch beim Mittagessen.

»A Radl? ... Du? ... Narrisch bin i, und wirf's Geld beim Fenster naus für a so a auflackierts Glump!« gab der Raminger zurück. Und damit war für ihn die Fahrrad-Angelegenheit erledigt. Was er sagt, dabei bleibts. Der Wastl redete nichts mehr weiter. Er wartete bis zur Brotzeit. Dann fing er wieder an.

»A jeda hot jetz a Radl! ... Is ja doch a wos Praktisch's,« meinte er abermals.

»Wos kost't denn na dös ..?« fragte der Raminger beiläufig.

»Da Bätzjakl hot si vorige Woch oans kaaft, dös hot hundertfuchzg Milliardn kost'..« erzählte der Wastl kleinlaut.

»Wos?! ... Hundertfuchzg Milliardn? ... Du bist ja dengerscht verruckt! ... Dös konnst 'd Dir denka, daß i für an soichan Schleiferkarrn hundertfuchzg Milliardn hergib ... Dös gibts ganz einfach net!« verwahrte sich der Raminger dagegen.

Der Wastl versuchte ihn beim Stolz zu packen: »Wenn's der Bätz und der Raffinger und sogar der Boda (Bader) Muck kinna, na werdn doch mir aa a Radl kaafa kinna..?«

Aber der Raminger war nicht zu erweichen. Im Gegenteil.

»Der Bätz?!« fing er wegwerfend an: »Und der Raffinger? ... Und der sell hochgvotzert Boda?! ... Dö soin na iahna Geld nauswerfa, wenn's z' vui hobn!« und als der Wastl gar noch einmal einen Anlauf machte und auf die volle Truhe und die Kommodkästen hinwies, wurde er ganz und gar ärgerlich.

»Hoit' d' Votzn, sog i! ... Dös gibts ganz einfach net! .. Loß mi in Ruah' damit!« schnitt er ihm das Wort ab und setzte brummend hinzu: »Ma' taat ja nu nix sogn, wenn's a so a fufzg- oder hunderttausend Mark kostert ... Aber dös is ja ganz und gor aus mit soichane Wuachapreis! ... Dö kunntn oan ja s' Geld glei freeling (freeling — geradezu) stehln ...!«

Und ärgerlich wenn er einmal ist, der Raminger, dann ist nichts mehr zu machen mit ihm. Der Wastl aber wollte einfach ein Radl und dachte sich: Wart' nur!

Nach Feierabend ging er zu seinem Freund, den Lufflberger-Alois, hinüber und besprach sich mit ihm. Man befaßte sich abermals mit dem Fahrrad.

»Also nachha host ös kapiert! ... I' kaaf morgn zwoa Radl z' Iffelfing drent und gibs Dir, verstehst mi' ..?« sagte der Wastl und der Alois nickte.

»Und nachha machst ös a so, wiea i' gsogt hab!« schloß der Wastl.

Und: »Freili! Freili ...« stimmte der Alois zu.

Am andern Tag mußte der Wastl mit dem Fuhrwerk nach Iffelfing hinüberfahren und wie gewöhnlich sagte der Raminger zu ihm: »Geh no nauf und nimm a Geld mit und mach', daß 'd wieda hoamkimmst.«

Der Wastl nahm etliche Arme voll Banknoten aus der Getreidetruhe, stopfte den Reservistenkoffer damit voll und warf ihn auf den Brückenwagen. Dann fuhr er fort und kaufte beim Mechaniker Moser zwei neue Brennabor-Räder.

Abends, als er aus dem Iffelfinger Forst herausfuhr, wartete der Alois schon und fragte gemütlich!: »Host ös ..?«

»Ja,« gab der Wastl sachlich zurück lund hob die zwei Fahrräder zum Wagen hinunter. Der Alois fixierte sie, stieg dann auf eines und nahm das andere nebenher, fuhr ins Dorf.

»Also, fufzgtausend, sogst!« schrie ihm der Wastl noch nach. — —

Einige Tage darauf redete der Loisl den Raminger einmal an und fragte, ob er ein billiges Rad wolle. Der Raminger hörte eigentlich nur »billig« und ging mit dem Loisl ins Haus.

»Wia gsogt, i hob zwoa kaaft, weil i's billig derwischt hob … i mächt nix vadiana dabei,« meinte der Alois und zeigte ihm die zwei Räder. Der Raminger wurde zugänglich, als er den Preis hörte, und nahm eines davon für den Wastl. Hundertausend Mark bezahlte er.

»Noja, dös is ja aa a Preis!! Den loßt ma si ja gfoin,« sagte er zufrieden und brachte es heim. — —

So kamen der Ramingerwastl und der Alois zu Rädern, denn selbstredend überließ der Wastl seinem Freund das andere für den guten Dienst.…

Einen Jux will er sich machen ….

In der Stadt Miethäuser zu kaufen während der Inflationszeit, das war besonders für den Kergler von Schmausdorf etwas Schönes. Weniger der Kauf selber und die üblichen notariellen Formalitäten, die es da zu erledigen gab, machten ihm Spaß. Diese Dinge gehörten eben dazu, aber — nachher, in den verschiedenen Wirtschaften bei Blechmusik und Weißwürsten, das war viel schöner. Das war so schön, daß es der Kergler am liebsten jeden Tag gemacht hätte. Meistens kam er von einer solchen Fahrt erst am andern oder gar am zweiten Tag heim. Einmal roch er derart nach Parfüm und Wein, daß die Bäuerin einfach nur mehr »Sauhammi, bremsiger!« sagen konnte. Es gab dazumal einen Streit, von dem das ganze Dorf erzählte.

Aber das war eine Ausnahme. Im Grunde genommen hat man für den Wein bei uns nichts übrig. Der Kergler bewies dies am besten damit, daß er von da ab nie mehr wieder in einem solchen Zustand heimkam. Er blieb wieder bei seinen Wirtschaften mit Blechmusik. Beim Bier wenn er einmal sitzt, der Kergler, da hört er so schnell nicht mehr auf. Zehn und zwölf Maß trinkt er mit Leichtigkeit. Und weil man nach einem schönen Trunk fidel wird, fällt einem allerhand Jux ein. Die meiste Zeit passierte es, wenn der Kergler ein Haus gekauft hatte, daß er nachts nicht mehr zum Bahnhof fand. Heimfahren wollte er jedesmal und eine Herberge nahm er sich deshalb nie in der Stadt. Also stand er zuguterletzt meistens auf der Straße und torkelte dahin. Ab und zu hielt ihn auch ein Schutzmann an, wenn er zuviel Lärm schlug.

»Üjupp—üjupp—jupp … jaja, freili, freili! Stad muaß ma sei … freili, freili, dankscheen .. üjupp .. üjupp—jupp,« hauchte er dann gewöhnlich dem Polizeigewaltigen ins Gesicht und fragte in seinem Rausch nach der und der Straße.

»Do—do .. üjupp—ü—üjupp … Do hob i nämli mei Haus, Her—Herr Dokta … Herr—Herr Wachmoasta … jüpp—iüjupp …« erzählte er ihm und: »Dankscheen!« gröhlte er heraus, wenn ihm der pflichttreue Schutzmann die Straße gesagt hatte. Nach vielem Kreuz- und Querwandern gelangte er schließlich doch einmal vor das Mietshaus, das er gekauft hatte. Er blieb stehen, schaute sich den Komplex an, rülpste und wankte und bekam mit der Zeit mitunter sogar die Türklinke zu fassen. Aber es war merkwürdig, die Tür ging nicht auf. Er konnte noch so rütteln und reißen daran. Direkt ärgerlich wurde er. Die Parterrefenster wurden schon hell. Aber weil es so lang dauerte, torkelte der Kergler an die Klingelplatte und — nun ja, wie es eben geht, wenn der Rausch einen hat — lehnte sich mit dem ganzen Rücken darauf.

Nacheinander wurden dann die Fenster hell und öffneten sich. Ein Fragen und Schimpfen fing an.

»Was ist denn los, zum Donnerwetter?!« schreit ein krächzender Oberbaurat konsterniert.

Was los ist? Hm!

Der Kergler hat sich einen Jux machen wollen. Was ist denn schon dahinter?!

»Schweinerei! Besoffner Kerl! Machen Sie, daß Sie weiterkommen!«

»Wo—os mächst, wos—wos?! .. Dös Haus ghärt mir, daß'd es woast, Hengl, windschelcha! .. Hoit dei Votzn oder i künd't Dir .. ü—üjupp .. ü—üjupp!«

Schließlich kamen Leute herunter ans Tor und informierten sich. Die Sache klärte sich auf. Alles renkte sich nach einiger Erregung wieder ein.

»Wißt's .. i—i—i hob bloß gschaugt obs oisamm dahoam seids! .. Is scho guat ... S'Haus ghärt nämli seit heunt mir, wüßt's ... nix für unguat ... üjupp—üjupp ... i hob bloß gmoant ... Guat Nacht beianand ... Guat—üjüpp—guat Nacht ...« murmelte der Kergler zufrieden und torkelte wieder weiter.

Den Jux machte er sich öfters. Es gab auch einige Gerichtsverhandlungen wegen Ruhestörungen und der Kergler wollte die Leute auf die Straße setzen. Seit er aber erfuhr, daß dies nicht ginge, hat er das Miethäuser-Kaufen aufgehört ...

Liebschaften

Bartholomäus Pichelsrieder liebt ...

Jeder von uns kennt das große, weit auseinanderlaufende Haus in der Dorfmitte von Hammertshausen, das dem Ludwig Pichelsrieder — oder wie man ihn hierorts heißt — dem »Schmaußbaurn« gehört. Dort hat sich in den letzten Jahren allerhand geändert. Die alten Schmaußens möchten gern übergeben. Der Ludwig, der erste Sohn, ist im Krieg gefallen; die zwei Töchter Leni und Margreth sind im schönsten Heiratsalter und der Barthl, der jüngste, bekommt also den ganzen Hof. —

Von den Schmaußens sagt man in der Pfarrei: »So saugrob wia dö is net leicht wer.« Das bedeutet aber keineswegs etwas Herabminderndes, im Gegenteil, solche Leute sind in unserem Gau meistens höchst beliebt, in ihnen erblickt man gewissermaßen die unverfälschten Repräsentanten des echten bayrischen Bauerntums. —

Die männlichen Mitglieder der Schmaußfamilie haben brandrotes Haar und interessieren sich hauptsächlich für Viehkäufe und sonstige Handelsschaften. Die Töchter hingegen sind brünett und gelten weit und breit als »sauber«. Sie wissen das auch und sagen es bei jeder Gelegenheit ihren Bewerbern offen und ohne Umschweife ins Gesicht, ja, wie erzählt wird, haben sie sich schon als Schulkinder lebhaft für ihre Körperbeschaffenheit interessiert. So zum Beispiel hat der Schmauß, bloß mehr in der Art einer Redewendung, zur Margreth einmal gesagt: »Geh, jetzt bischt scho gleich aus der Schoi (Schule) und host nu net amoi dein Orsch (Hintern) gsehn'g ... « Was zur Folge hatte, daß die also Angesprochene kurzerhand in die Stube ging, auf den Tisch hinaufstieg, den Rock aufhob und ihren hinteren Körperteil im Spiegel betrachtete. Den Vorwurf, meinte sie, nachdem sie alle Familienmitglieder hereingerufen hatte, könnte ihr nun keiner mehr machen. — — —

Kurz und gut also, so ungefähr sind die Schmaußens. Und um bei der Sache zu bleiben, der Barthl hat im Krieg einen Streifschuß in den

Oberschenkel bekommen und hinkt seitdem ein wenig. Seit einiger Zeit aber sucht er nach einer Hochzeiterin. Bei der Weblinger-Sephi in Fichtelberg ist er gewesen. Sie hat nichts wissen wollen. Darauf versuchte er's mit der Amplezer-Rosl von Darching. Die sagte nicht Ja und nicht Nein, aber der alte Amplezer meinte einmal: »Ja mei!.. Barthl, Du waar'st ja soweit koa u'rechts Mannsbuid … Aba, mei, wenn ma hoit heiratn wui, nachha muaß ma' a laar's (leeres) Haus hobn … Dös tuat koa guat, daß dö Jung' do is und deine Schwestern..«

Das leuchtete dem Barthl ohne weiteres ein. Er wurde ungemütlich zu seinen Schwestern und gab ihnen deutlich zu erkennen, daß sie jetzt zu heiraten hätten. Bei der Margreth aber kam er dabei an die Unrechte. Erstens war sie älter als er und zweitens hatte sie ihr Mundwerk auf dem rechten Fleck.

»Wos?.. Du hoscht mir gor nix zon Kommadiern, daßt es woaßt! .. Du werst es derwartn kinna, Du Lakl, Du eklhafter..!« fing sie an und wohl oder übel mußte der Barthl wieder abziehen. Mißgünstig verfolgte er das Treiben seiner Schwestern. Es kamen zwar Sonntags manchmal Burschen zu ihnen und machten Spasseteln, aber es schaute gerade nicht darnach aus, als ob dabei etwas ernstliches dahinter steckte. Von Heiraterei konnte keine Rede sein, wenigstens bei der Margreth. Die Leni, bei der schien's hoffnungsvoller zu stehen und wirklich nach einigen Monaten verkündete der Pfarrer Mair auch von der Kanzel herunter, »daß sich die ehrenwerte Jungfrau Magdalena Pichelsrieder, Bauerstochter von Hammertshausen und der unbefleckte Jüngling Xaver Holzinger, Bauersohn von Buchberg, die Ehe versprochen hätten.«

Kurz nach Ostern gab es auch eine sehr schöne Hochzeit und der Barthl war kreuzfidel dabei. Er saß mit der Amplezer-Rosl am Brauttisch und lachte in einem fort. Schlecht ging es ihm bloß, als man allgemein zu tanzen anfing. Mit zusammengebissenen Zähnen versuchte er die ersten Walzer mit der Rosl zu tanzen, aber dann war absolut nichts mehr zu machen mit seinem Fuß. Mit aller Bissigkeit verfolgte er die Rosl auf Schritt und Tritt und als sie gar auf einmal jeden Tanz mit dem Lemmlinger-Feschl tanzte und — nach Barthls Meinung — auffällig zutraulich zu diesem Rivalen wurde, da war es aus mit der Fidelität.

»Jetz, moan' i, derferst aba scho amoi aufhärn mit dein Pussiern … I sog dirs, i schaug nimma lang zua … I häng mi auf, wennscht mir untrei werscht, Rosl!« beschwor sie der Barthl. »I derhäng mi pfeilgrod! .. I derhäng mi ... Und du host mi auf'n Gwissen!« wimmerte er zuletzt vor Eifersucht und ließ die Rosl, als der Feschl ihr wieder zum Tanz winkte, um alles in der Welt nicht mehr los am Arm.

»Au! .. Grobian!« schrie sie: »Loß mi aus, sog i! .. Loß aus!« Ganz und gar wütend wurde sie und als der Barthl endlich losließ und wieder was vom Aufhängen sagte, schwang sie sich aus der Bank.

»Derhäng Di, meinetwegn! .. Saugrober Siach! .. Mir san firti (fertig)!« schrie sie zurück und verschwand nach dem Tanz mit dem Feschl. Weg war sie. Nirgends mehr fand sie der Barthl und kam zuguterletzt ganz zerdrückt in den Saal zurück. Er fing auf einmal buchstäblich wie ein kleines Kind zu weinen an und brachte die ganze Hochzeitsgesellschaft durcheinander mit den Vorwürfen, die er der Leni machte, weil sie das Tanzen gewollt hatte.

»Do bist bloß Du schuid! Bloß Du! ... Du host doch g'wüßt, daß i an wehen Hax'n hob! ... Du host es doch g'wißt ..!« heulte, bellte, jammerte er in allen Tonarten: »Jetz is's davo .. jetz hob' i's, weil i mit ihr auf dei' Hochzeit ganga bin!«

Und plötzlich lief er auf und davon, weil alle ihn auslachten. Fuchsteufelwild kam er heim.

Bei der Amplezer-Rosl war nichts mehr zu machen. Zwei-, dreimal kam der Barthl noch, dann versuchte er es bei der Irlinger-Leni in Walchstatt drüben. Die Leni war ein gutes, nachgiebiges Ding. Sie ließ mit sich reden. Nur, meinte sie genau wie der alte Amplezer: »Woaßt Barthl, dös mächt i net ... a so 'neiheiraten, wenn s' Haus no net laar is ... ehvor d' Margreth net g'heirat hot, mächt i dei Wei net werdn ... Mir kinna ja no wartn, bis 's soweit is ..«

Der Barthl hatte aber jetzt genug mit dem Warten. Da kam's dann meistens so, daß ihm seine Zukünftige eines schönen Tages wieder entglitt. Auf der Stelle wollte er die Margreth verheiratet wissen, unter allen Umständen. Er ging zum Lerminger Wastl und beredete sich mit ihm.

„Z'erscht packst es guat o, und wenns nachha net wui, na' paßt' ihr einfach an Weg o und ziagst ös in' ünsern Kornacker nei, verstehst mi?« sagte er zu seinem Kriegskameraden und zwinkerte zweideutig mit dem linken Auge.

»Auf a 'ra paar hundert Markln kimmt's mir net o, wennscht ös z'sammbringst!« setzte er hinzu und ausgemacht war die Sache zwischen ihm und dem Wastl. In bestem Einvernehmen gingen die Beiden auseinander.

Am andern Sonntag kam der Wastl zum ersten Mal zur Margreth. Er redete herum und herum und die Margreth lachte ihn aus, fing zu spötteln an. Der Wastl ließ nicht locker, kam nach Feierabend ab und zu, kam am andern Sonntag wieder und wurde schließlich etwas zudringlicher zur Margreth.

»Jetz!? .. Jetz härst aba auf, gell?! … Jetz, jetz wennscht net gehst, na derlebst wos anderst's, gell .. !« fuhr ihn die resolut an, als er immer handgreiflicher wurde. Und »Gut« sagte sich der Wastl, gehts also so nicht, geht's anders. Er ging zum Unterwirt hinunter. Dort hockte der Barthl und wartete.

»Also mog's absalut net .. ?« fragte der.

»Es bleibt nix anderscht's übri, ois da Kornacka … Dös is ja a ganz a hundsheiderne,« erwiderte der Wastl.

»Jaja, dös is a ganza bockstarre … Do muaßt scho radikal sei,« belehrte ihn der Barthl abermals: »I werd's ihra scho no ei'brocka, wenn i jetz hoamkimm … Dö ganz' Woch sekier i's, na werd's in Gottsnam scho woach (weich) werdn … Und an Sunnta (Sonntag) noch der Kirch paßt's ihra an Weg o … Do packst es …«

Abgemacht war die Sache. Der Barthl ist eigentlich kein starker Biertrinker, an diesem Sonntag aber kam er mit einem schweren Rausch heim. Die Alten lagen schon im Bett, die Margreth saß noch in der Küche und las den »Marianischen Kalender«. Wie ein rollendes Faß holperte der Barthl zur Tür herein.

»Jetz heirat'st amoi, Viehch gschupfts! .. Jetz muaß' .. jüp—jü—jüp—jupp .. jetz muaß's ausananda geh, damische Matz, damische!« schrie er aus Leibeskräften und wollte auf die Margreth los. Zum Unglück aber fiel er schon beim zweiten Schritt glatt auf den Boden, sein Magen fing zu würgen an und heraus brach es aus ihm wie aus einer Feuerwehrspritze.

»Saukerl bsufferner!« hörte er bloß noch und weg war die Margreth. —

Die ganze Woche schimpfte und polterte der Barthl herum, in einem fort stritt er mit seiner Schwester. Sogar der alte Schmauß wurde ärgerlich darüber und sagte dem Barthl die Meinung richtig. Darauf gab dieser eine Ruhe. —

Zerrauft und zerkratzt, weinend und zerhetzt kam am Sonntag die

Margreth von der Kirche heim. Rot war sie auf dem ganzen Gesicht und lief sofort in die Kammer hinauf. Hätte sie einer noch aus dem Kornacker laufen sehen — schreiend und entsetzt — dann wäre der Wastl sicher ins Zuchthaus gekommen. So aber — es geht sich vom Acker bis zum Dorf immerhin eine gute halbe Stunde und da denkt man allerhand — so aber also überlegte sich die Margreth die ganze Sache doch anders. Die ganze Woche war sie verstört und eines Mittags sagte die Schmaußin sachlich über den Tisch hinweg: »Noja, jetz is's scho wia's is ... Am gscheitern is's, ma is stad und Du heirat'st an Wastl ... Er is ja weiters koa u'rechter Mensch net ..«

Die Margreth sagte gar nichts mehr darauf. Sie nickte nur und ihre Augen wurden naß. Der Barthl ging zum Wastl hinüber und berichtete. Der Wastl kam am nächsten Feierabend kleinlaut zum Schmauß. Auch er war arg zugerichtet und hatte ein blaues Auge. Er getraute sich kaum die Margreth anzuschauen. Schmauß und Schmaußin redeten mit ihm. Die Heirat wurde abgemacht, nach Michaeli setzte man die Hochzeit an. —

Der Barthl war ganz alert und kam zur Irlinger-Leni nach Walchstatt hinüber.

»Jetz werd's Haus laar,« sagte er: »Jetz kunnt ma's probiern mit'n Heiratn, Leni ..?«

Und weil die Leni ohne weiteres nickte und gerade vom Veteranenball erzählte, der am Samstag beim Moderbräu stattfinden sollte, sagte er noch fideler: »Also! ... Dösmoi muaß' lustig werd'n ..«

Ganz und gar vergaß er seinen wehen Fuß. Er stieg auf sein Rad, fuhr heim und holte die Leni am Samstag zum Veteranenball ab. Eine Zeit lang ging alles gut. Aber als die Leni — wie das schon ist bei den Weibsbildern — ins Schwitzen kam und keinen Tanz mehr auslassen wollte, da war es gefehlt für den Barthl. Sein Fuß fing wieder an, weh zu tun. Wehleidig hinkte er herum, der Barthl. Lang schaute er nicht zu, wie die Leni ein ums andere Mal mit dem und dem tanzte. Ganz schlecht wurde ihm vor Ärger und Eifersucht. Kurzerhand zahlte er die Zeche, packte die Leni am Arm und zog sie zum Saal hinaus.

»I derhäng mi ja doch no! .. I derhäng mi, wennscht di Du oiwai mit dö andern ei'loßt!« belferte er unausgesetzt in die Leni hinein, hielt krampfhaft ihren Arm und hinkte immer ärger. Als man in den Walchstatter Forst kam, sah es aus, als könne er überhaupt nicht mehr vom Fleck. Angst und bang wurde der Leni. Der Barthl graunzte und jammerte, rülpste und wimmerte wie ein angeschossener Hund.

»Wos host denn? .. Um Gotteswilln, wos host denn, Barthl? .. Barthl?!« fragte sie besorgt.

»Auskemma tuast mir nimma! .. Auskemma tuast mir nimma!« knurrte der Barthl statt jeder Antwort und hinkte noch bedrohlicher.

»Aba Barthl? Barthl? .. Du kannst ja nimma geh! .. Was host denn no grod?« wiederholte sie, als er sie an einen großen Föhrenbaum drängte: »Barthl..?!« Sie weinte es schier heraus.

»Ah, wos! .. Scheissen muaß i! .. Aba auskemma tuast mir nimma! .. Auskemma tuast mir nimma!« schrie er plötzlich, drückte sie vollends an den Baum, zog schnell den mitgenommenen Strick heraus und band sie — eins, zwei drei — an. Ihr Schimpfen und Keifen half ihr nichts.

»Auskemma tuast mir nimma!« brummte er beharrlich und verrichtete seine Notdurft. — —

Und dieses Vorkommnis natürlich zerschlug wieder alles. Die Irlinger-Leni hat kurz darauf den Remlinger-Silvan geheiratet. Keine einzige Bauerstochter ließ sich mehr mit dem Barthl ein, samt dem daß er ein leeres Haus hat.

Überall, wo er hinkommt sagt man bloß spöttisch: »Auskemma tuast mir nimma!« und grollend zieht er ab ...

Liebet einander ...

Allen Völkerschaften sagt man eine bezeichnende Eigenart nach. Der Norddeutsche ist forsch und interessiert, der Schweizer hat den Charakter, der Österreicher »Hamur« und ein goldenes »Gemüat« und der Italiener sein Temperament. Wir Bayern sind sachlich. Was bei uns geschieht, kann schließlich wo anders auch einmal geschehen, aber w i e es vor sich geht, das ist der Unterschied. Bayrisch bleibt bayrisch. —

Das Dorf Atzing ist schon seit längerer Zeit ein etwas besuchterer Fremdenort. Der Riedladam hat nach dem Krieg eine Bäcker- und Konditorei aufgemacht, die gut floriert, der Hemmersberger mit seinen zwei Söhnen eine Möbelschreinerei und der Hingerl eine Kramerei. Es ist schon lang nicht mehr so, daß die Bauerntöchter nur noch in Bauershöfe einheiraten. —

Im Atzinger Unterdorf, beim Argelsberger zum Beispiel, sind drei Töchter und noch etliche Söhne. Da schaut man natürlich nach Hochzeitern aus. Der Argelsberghof ist zwar ein Anwesen, das sich sehen lassen kann. Seit der Inflationszeit ist man schuldenfrei, dreißig Stück Vieh stehen im Stall und Wald- und Wiesengrund belaufen sich auf zirka hundertzwanzig Tagwerk, aber wie das eben ist bei vielen Kindern, da muß man schauen, daß alles rechtzeitig unter Dach und Fach kommt.

Die Argelsbergerin hat es immer schon gesagt zu ihren Töchtern. Das Heiraten wird nicht damit gemacht, daß man mit seinem Zukünftigen auf dem Ball tanzt, daß man ihm, wenn er Sonntags kommt, Kaffee gibt und lacht und kichert, Dummheiten macht und alsdann wieder auseinandergeht.

Die Anni zum Beispiel war kurz vor Kriegsausbruch soweit einig mit dem Rangl-Xaver, daß man von einer baldigen Hochzeit reden konnte. Und heute hat der Xaverl eine Herrschaftsköchin geheiratet. Warum weiß kein Mensch. Bis zum heutigen Tag hat die Argelsbergerin das noch nicht verwunden.

»Rindviehch, sowos macht ma doch in der Kamma aus!« fuhr sie die Anni an und als die dann etwas darauf erwiderte, das mit Aber anfing, wurde die Bäuerin noch ärgerlicher und meinte: »Ah! … Sowos hätt' si doch richtn loßn! … Aba Du hätt'stn doch wenigstens in der Hand ghabt! … A so bischt ausgrutscht!«

Daß sich »sowas richten lasse«, dafür lieferte die Argelsbergerin schon einmal den besten Beweis, als seinerzeit während des Krieges die jüngste, die Elis, mit dem gefangenen Russen in einem fort Dummheiten machte und dann auffallenderweise in die Breite ging.

»Du g'fallst mir nimma recht! … Loß' Di' nimma sehng vo dö Leid ..!« sagte dazumal die Bäuerin trocken zu ihrer Tochter, ging kurzerhand zur Kohlhäusler-Traudl hinüber und redete mit dieser. Darnach schickte sie die Elis zur Traudl. Es verliefen drei Tage, es verging eine Woche. Dann gab die Traudl Botschaft. Der Argelsberger spannte ein und holte die Elis.

»Is 's jetz vorbei …?« fragte die Argelsbergerin bloß und musterte ihre Tochter beiläufig. Die machte ein wehleidiges Gesicht und konnte sich kaum von der Stelle bewegen.

»Dös vergeht scho wieda!« sagte die Argelsbergerin und fügte gelassen hinzu: »I hob a Meß lesn loßn … und der Ruß is aa furt, der Saukerl.«

Die Elis mußte noch einige Tage im Bett liegen bleiben. Dann war diese Sache wieder behoben. Alles ging den schönsten Gang. — — —

Von jeher besonders stolz war die Argelsbergerin auf ihre zweitälteste Tochter, auf die Resl. Diese brachte es auch am ehesten nach dem Kriege zu einem Hochzeiter. Zu ihr kam der Hemmersberger-Sepp jeden Sonntag-Nachmittag und blieb stets bis zum Gebet-Läuten. Beim Argelsberger geht man nicht gern in Wirtshäuser Sonntags. Man hockt vollzählig in der weitläufigen Stube und unterhält sich über dies und das. Und bei solcher Gelegenheit gingen die Resl und der Sepp gewöhnlich in die nebenanliegende Schlafkammer der Mädchen, blieben ziemlich lange drinnen und kamen schließlich mit lachenden, roten Gesichtern wieder heraus in die Stube, setzten sich wie vorher an den runden eschernen Tisch und redeten wie immer.

Die Argelsbergerin ist eine ordnungsliebende Person. Sie sagte bloß einmal, als die Beiden aus der Kammer kamen, zur Resl: »Dei Bett' kunntst nachha doch scho macha! Stinkfails Luada, stinkfails …!«

Darauf brauchten die Zwei das Bett nicht mehr an. — —

Selbstredend brachte der Sepp auch ab und zu seinen Kameraden, den Dengelfinger-Chistl zum Argelsberger mit. Der Christl ist die Bravheit selber. Im »Dritten Orden« und Mitglied des »Katholischen Burschenvereins« ist er. Von seiner Mutter hat er das Singend-Demütige in der Stimme und eine beinahe rührende Schüchternheit. Zu ihm sagte die Argelsbergerin eines Sonntags mit jener echt bayrischen Sachlichkeit, die ihr so eigen ist: »Für Di waar ünser Elis dö Rechte ... Do kaamatn zwoa Stade (Stille) z'samm ...«

»Ja—a? .. Moanst es, Argelsbergerin ..?« erwiderte darauf der Christl und lachte süßlich. Er und die Elis wurden dann auch immer freundlicher zueinander. Bei aller Argelsbergerischen Schroffheit, die ihr sonstig anhaftet, verriet es sich aber doch, daß die Elis keineswegs der Zartheit ermangelt, als sie mit dem Christl zum ersten Mal in die Kammer ging. Es war in einer Nacht, als die Resl mit dem Sepp zum Veteranenball gegangen war. Die Anni schläft nicht in dieser Kammer.

Die Elis machte Licht und zog sich aus. Ohne Scheu tat der Christl das Gleiche. Dann setzten sich beide an den Bettrand. Die Elis seufzte schwer und der Christl seufzte auch.

Er konnte es endlich nicht mehr ansehen, daß sie sich grämte und fragte mit der ihm eigentümlichen Sanftheit: »Host wos auf'n Herzn, Elis? ... Mir konnst es ja sogn, Elis ..!«

Die Elis schaute ihn an und sagte dann: »Ja, Christl ..!« schnaufte abermals schwer und setzte zögernd hinzu: »Aba es is hoit was Hart's ... I brings kaam raus ..«

Der Christl ist ein grundguter Mensch. Das Herz bricht ihm schier, wenn er wem leiden sieht.

»Bischt eppa gschlächtskrank, Elis?« half er ihr nach.

»Na, dös net ..« stand ihm darauf die Elis ebenso unverblüfft Antwort und erzählte ihm die Geschichte von dem Russen und von der Kur bei der Traudl.

Der Christl war nicht im mindesten erstaunt und tröstete sie rührend.

»Mei', Elis, .. ma siehcht ja doch gor nix mehr ... Dös nimm' i Dir doch net übi ..« sagte er und erzählte ihr wie man sich vor solchen Mißgeschicken schützen könnte. — —

Seitdem sind Christl und Elis ein Herz und eine Seele. Zufrieden äußerte sich die Argelsbergerin der Nerlingerin gegenüber: »Soweit is nachha jetz doch scho, daß ma sogn ko, mei Resl und mei Elis wissen wo's hinheiratn ...« —

Am allerschwersten hingegen macht sich das Verheiraten der ältesten, der Anni.

Der Christl und der Sepp brachten schon öfter den Riedl-Adam mit, aber obwohl die Argelsbergerin mit nicht mißzuverstehender Deutlichkeit der Anni ihre Tüchtigkeit und besonders ihr ausgezeichnetes Kopfrechnen beim Adam hervorhob, der Konditor fängt jedesmal von was anderem zu reden an und macht dann spöttische Witze über die Weiber im allgemeinen.

Schließlich und endlich saß man eines Abends beim Argelsberger beisammen und beschäftigte sich eingehender mit dem Adam und der Anni.

»Tja! .. Heiratn! Heiratn!? ... Dös is leicht gsogt!« stieß die Argelsbergerin heraus: »Dös macht ma doch net vom O'schaugn! ... Do muaßt dazuatua, dappig's Viehch, dappigs ..!«

Und dabei schaute sie auf die Anni und brummte abermals: »Natürli ..! .. Er mächt hoit wos! ... Koa Mensch kaaft d' Katz' an Sock ..«

Dann ging man zu Bett. Etliche Tage später holte der Adam mit dem Handwagen drei Säcke Kartoffel vom Argelsberger. Es war nach Feierabend. Man saß wie immer in der großen Stube und der Adam setzte sich hin. Man redete und redete, die Resl und die Elis gingen ins Bett, der Thomas und der Max und schließlich erhoben sich auch die alten zwei Argelsbergers. Nur die Anni und der Adam saßen noch da. Und da sagte die Bäuerin, als sie die Kerze anzündete und den Finger in den Weihwasserkessel steckte: »Bleibts no beinander ..« bekreuzigte sich und ging mit dem Bauern zur Tür hinaus.

Schließlich, der Adam war auch nicht aus Gußeisen. Als alles still war, ging auch er mit der Anni oben hinauf ...

»No ..? .. Wos is's denn nachha ..?« fragte andern Mittags die Argelsbergerin die Anni. Und die nickte.

»Noja, also ..! ... Wos machst denn nachha a so a Gsicht her ..?«

»Der schmiert mi ja doch aus,« meinte die Anni und machte noch immer die gleiche Miene.

»Wos? ... Der ..? ... Du host'n doch — —?« Die Argelsbergerin zog ihre Stirn zusammen. Alle schauten auf die Anni. Aber die sah noch genau so trübselig drein.

»Er hot gsogt, er woaß 's ganz g'wiß, daß mir nix passiert! ... Der

Sepp und der Christl macha's aa a so, hot er gsagt..,« brachte sie endlich heraus. Die ganzen Argelsberger schauten einen Augenblick völlig verblüfft in die Luft, mit offenen Mäulern.

»Der Saukerl! ... A so a Sau ..!« brummten sie alsdann zugleich mit tiefster Entrüstung ...

Der Riedl-Adam kam von da ab nicht mehr ins Unterdorf und zum Argelsberger schon gar nicht ...

Liebes-Spasseteln

Allgemein ist bei uns das, von früheren Lieblingsschriftstellern meines Volkes so innig oft beschriebene, sogenannte »Fensterln« nicht mehr recht im Schwange. Bekanntlich bestand diese schöne Sitte darin, daß zu nachtschlafender Zeit irgendein Bauernbursch eine Leiter an eine Hauswand lehnte und zum Kammerfenster der Bauerstochter oder der Dirn (Magd) emporkletterte, dort dann nach mehr oder minder dringlichen Bitten entweder Einlaß oder keine Antwort bekam, je nachdem eben die in Aussicht genommene Geliebte für derlei nächtliche Ergötzlichkeiten eingenommen war. Hin und wieder ereignete sich auch allerhand anderes dabei, so zum Beispiel, daß der nächtliche Ritter den Inhalt eines Nachthaferls über den Kopf gegossen bekam und dergleichen mehr. Wie gesagt aber, diese sinnige Sitte hat so ziemlich aufgehört bei uns. Sie gilt höchstenfalls noch als Jux. —

Der Weigl-Wiggl hat sich damit befaßt, weil er heimlich dem Fischer-Kastner-Franzl die Efelberger-Moni wegfischen wollte. Schon lange bestand zwischen den zwei Burschen eine diesbezügliche Rivalität, aber keiner ließ es sich anmerken. Und weil der Franzl eine gar eine wuchtige Persönlichkeit war und malefizisch grimmig schauen konnte, hielt es also der Wiggl für ratsam, die Entscheidung dieses Kampfes sozusagen »hintenrum« herbeizuführen. —

Er nahm eines Nachts die Leiter und stieg zur Efelberger-Moni hinauf. Stockfinster war es und dem Wiggl kam es schon so vor, wie wenn sich drunten etwas rühre, als er droben am Fenster war. Er horchte scharf und schaute angestrengt in die Tiefe. Er wartete noch eine ganze Weile und fing dann, als er nichts mehr hörte, zu klopfen an.

»Moni? .. Moni? .. Monei?! .. Geh weita, mach auf! .. I bins, der Wiggl! .. Geh weita!« flüsterte er. Es gab niemand an.

Einen festen Schlaf hat die, dachte sich der Wiggl und klopfte lauter.

»Moni?.. Monei?.. Geh weita, gib hoit o!.. I mächt Dir wos sogn, Monei..!«

Er hörte nicht mehr auf und war ganz bei der Sache. Es schien zwar schon wieder, als ob sich drunten was Verdächtiges rühre, aber seiner Meinung nach war das das Knarzen von der Moni ihrem Bett. Auch ein Brummen hörte er jetzt drinnen. Es wurde ihm ganz heiß dabei und: »Monei! Monei..! Der Wiggl is!.. Geh weita, Monei!.. Geh weita, mach auf..!« hastete er schneller heraus und stieg um eine Leitersprosse höher. Da auf einmal gab die Leiter nach — da — da — wurde weggezogen — und — patsch sauste er in die Tiefe, direkt in die offene Odlgrube, neben die er die Leiter gestellt hatte. Er schlug und schrie, tappte umeinander wie ein wilder Ochs und tauchte immer wieder auf und nieder.

Der Efelberger schaute zum Fenster heraus und fragte grimmig: »Wos's is's denn?« Die Dirn leuchtete mit der Lampe herunter. Die Moni schaute endlich auch heraus. Man hörte Schnaufen und gurgeln und Schreien und endlich kroch was aus der Odlgrube und verschwand eiligst. Die ganzen Efelberger's fingen schallend zu lachen an.

»Der muaß net schiach stinka, der wo do neig'foin is..!« meinte der Efelberger gemütlich: »Aba no.. woach is er ja aufg'foin...«

Trotzdem daß sich der Wiggl volle drei Tag nicht mehr hat sehen lassen, redete es sich im Dorf herum. Seitdem spöttelt man in einem fort.

Zwischen ihm und der Efelberger-Moni ist's selbstredend nichts geworden. Der Fischer-Kastner-Franzl hat sie kurz darauf geheiratet und bei dieser Gelegenheit hat er die Sache mit dem Leiterwegziehen und dem Odlgruben-Abdecken erzählt und schloß gelassen: »Noja.. derfalln hob i 'n doch a net loßn kinna! … I hob's iahm a bißl woach und dufti gmacht, den dappinga Teifi, den dappinga …!«

Die ganze Hochzeitsgesellschaft lachte zum Bersten darüber. —

»Holde Eintracht — —«

Wenn man auf der Distriktsstraße von Argelsried über Allkirchen und von da aus westwärts geht, kommt man nach Asamhausen. Dort steht, gleich am Dorfeingang, schroff an der Straße, der weitläufige Lufflfingerhof. Erkenntlich ist er dadurch, daß an seiner Giebelmitte ein meterlanges Kreuz angebracht ist. Im Hohlraum, den der Rücken des Heilandes bildet, sind die Stangen von den zwei weißblauen Fahnen angenagelt, die links und rechts herunterhängen. Der Lufflfinger hat es, seit er gut aus dem Krieg zurückgekommen ist, mit unserem Herrgott genau so wie mit unseren geliebten Landesfarben. Darum seit Jahr und Tag die Fahnen. —

Vor jetzt sechs Jahren heiratete der damalige Heimkehrer die Berzinger-Moni, die um diese Zeit Dirn (Magd) auf dem Hof war. Ein lediges Kind hatte sie schon, aber das machte dem Peter weiter nichts aus, denn die Dirn war eine auffällig fromme Person, beichtete und kommunizierte jeden zweiten Sonntag und interessierte sich nach der glücklichen Heimkehr des Peter derartig um dessen Seelenheil, daß er sie nach dem zweiten, gemeinsamen Wallfahrtengehen nach Bennoberg ehelichte. Zirka zwei Monat darauf gab es bei den jungen Lufflfinger's eine Kindstaufe und sinnig- und frommerweise ließ man diesen ersten Ehesproß »Beni« taufen.

Man lebt beim Lufflfinger zusammen, Du hörst die ganze Woche kein unrechtes Wort. Die Moni ist ein lustiges, verträgliches Weib und lacht den ganzen Tag, seit sie Bäuerin ist. Sie ist auch keine von denen, die, wenn sie einmal eine gute Partie gemacht haben, von ihren Schwestern nichts mehr wissen wollen.

»I moan, Peta, es is doch bessa, mir nehma meine zwoa G'schwistert ois Dirna … Do is ma nachha unteranand und woaß, wos ma hot,« sagte sie kurz vor Lichtmeß zum Peter und der lachte ein wenig, zwinkerte und nickte: »Noja, nimmscht ös hoit.«

Die zwei Berzinger-Schwestern wurden Lufflfinger-Dirnen. Stramme Weibsbilder waren sie, gut in den Zwanzigern. Es verging schiedlich und friedlich ein Jahr. Bei der Moni war's wieder soweit, daß man auf ein Kind wartete. Der Peter fing wieder an, sich sehr um die Religion zu kümmern und weil er mit den Berzinger-Schwestern ausnehmend zufrieden war, durfte die Marie, die älteste davon, mit ihm nach Bennoberg wallfahrten gehen. Ganz alert kamen die Zwei wieder heim am andern Tag und brachten eine gipserne Muttergottes für die Bäuerin mit und für die Leni einen silbergefaßten Rosenkranz.

Damit aber die Leni auch nicht leer ausgehe, nahm der Lufflfinger sie einige Wochen darauf mit in die Stadt hinein zum »Sechsertag«. Dort war es sehr fidel und da traf der Peter einen Kriegskameraden, den er als Knecht mitbrachte. Es schaute aber fast so aus, als wie wenn die Leni mehr Interesse für den Letzteren gehabt hätte. Wenigstens machten die Zwei in der Folgezeit bei jeder Gelegenheit Spasseteln miteinander und der Peter sagte einmal zur Leni: »Dös waar koa unrechts Mannsbuid für Di … I tat enk schlieaßli scho unter d' Arm greifa ..«

Die Leni lachte ihn zweideutig an und meinte bloß: »Naja, is ja aa oana vo dö Sechser wia Du ..«

»Mach nu, Lenei,« sagte der Peter darauf und zwinkerte mit dem rechten Auge. »Noja … soweit kennt ma ja no nix! .. Stad (Still, schweigsam) müäß' ma hoit sei, daß er's net spannt,« lispelte ihm die Leni ins Ohr und der Lufflfinger nickte.

In dieser Nacht wurde es auf einmal der Marie so schlecht und die ganzen anderen Tage mußte sie sich erbrechen. Die Bäuerin schaute sie an und fragte, den Säugling von der Brust wegnehmend: »Is denn wos los mit Dir ..?«

Und die Marie nickte.

»Ja—ja .. ? … Do derfst glei hoamfahrn .. d'Leni is ja aa soweit mit'n Knecht,« sagte darauf die Lufflfingerin und als der Peter hereinkam und so kleinlaut lachte und sich nicht recht aufschauen traute, meinte sie: »Jetz ös machts schöne Sachan (Sachen) … Do derfst es scho glei hoambringa ..«

Einige Tage darauf brachte der Peter Lufflfinger die Marie auf die Bahn nach Riegelberg und fuhr mit ihr in's Niederbayrische hinunter zu den Schwiegersleuten.

Die Leni heiratete kurz nach Monatsende den Knecht und sie kauften sich im Riegelberger Moor ein Gütl. In bestem Einvernehmen leben die Lufflfingers mit ihren Schwagersleuten, den Reimsbachers, zusammen. Die Leni brachte ein Mädchen zur Welt und der Lufflfinger ist ganz verschossen in das Schwagerskind. Es sieht ihm heruntergerissen ähnlich.

Nach zirka einem Jahr kam die Marie wieder aus dem Niederbayrischen herauf und dient seitdem genau so wie vorher als Dirn beim Lufflfinger. Ihr Kind — ein Bub, auf und nieder der Lufflfinger — ist auch im Haus seit dieser Zeit und der Bauer mag es besonders gut leiden ...

Schiedlich und friedlich lebt man auf dem Lufflfingerhof seitdem ...

Bayrische Frömmigkeit

I
Andachts-Idyllen

Laß Dir nichts einreden, lieber Wanderer, der Du unser Bayerland und unsere kernige Völkerschaft liebst! Laß Dir nichts einreden von den Verleumdern, die jetzt allenthalben aufstehen und selbst davor nicht zurückschrecken, die althergebrachte Frömmigkeit unseres Bauernvolkes in Zweifel zu ziehen!

Merk Dir ein- für allemal, bei uns ist es in dieser Hinsicht noch wie ehedem. Bigotterie und Scheinheiligkeit haben wir nie nicht gekannt, aber der alte, weißblaue Herrgott lebt und wirkt noch gleichermaßen in jedem echten Bauerngemüt. — —

Ich nehme an, daß Du die heilige »Bruderschaft zum dritten Orden« kennst, die ja heute noch ihren ergiebigen Einfluß auf die Seelen der katholisch-gläubigen Christen ausübt. Nichts daran ist verblaßt. Mit geradezu mustergültiger Pflichtbeflissenheit kommt man bei uns den Satzungen dieses Ordens nach.

Zwölf Vaterunser täglich, schreibt er vor, der dritte Orden. Zwölf Vaterunser müssen täglich gebetet werden, das nimmt gewiß Zeit, das will bezwungen werden, wenn man arbeitet wie bei uns. Aber gehalten wird sie, die Vorschrift auf sinnigste Weise wird sie eingehalten. Frage nur einmal ein solches Ordensmitglied — sagen wir zum Beispiel die Rechreiterin von Atzing, die stets in der Früh' um vier Uhr aufsteht und nachts um zehn Uhr todmüde ins Bett hineinsteigt, der die Augen zufallen, wenn sie sich mittags zum Essen hinsetzt — frage sie:

»Rechreiterin? Jetz sog mir doch amoi — Du host doch den ganzen Tog koa ruahige Viertelstund' — sog mir doch amoi aufrichti, wiea kimmst denn jetz Du dazu, daß'd Deine zwölf Vaterunser betst?«

Frag sie — und antworten wird sie Dir, so wie nur ein echtes, frommbayrisches Gemüt antworten kann: »Tja ..! ... Jetzt dös is guat! .. I hob doch meiner Lebtag an guatn Stuigang ghabt ..!«

Aus einem unerfindlichen Grund wirst Du vielleicht weiter forschen, was denn die zwölf Vaterunser mit einem geregelten Stuhlgang zu tun haben und mit jener unsympathischen Begriffsstutzigkeit des Uneingeweihten den Kopf schütteln.

Und antworten wird sie Dir abermals, die Rechreiterin von Atzing, antworten mit der gleichen schönen bayrischen Sachlichkeit: »Tja mei, wo werd' i denn betn?... Aufn Haisl hoit!... Do gehts doch a'n leichtern und nimmt koa Zeit...!« — — — —

Wo — so frage ich Dich — findest Du jemals wieder auf der ganzen Welt eine solche Frömmigkeit?

Nirgends! Nur in Bayern!

II

Leben und leben lassen ...

Von Zeit zu Zeit gibt es in unserer Pfarrei Allkirchen eine »Mission«, das heißt es kommen so ihrer fünf oder sechs Ordensgeistliche und halten Predigten in der Pfarrkirche. Eine solche »Mission« dauert oft zwei Wochen, denn wenn sie kommt, sagt man sich bei uns, »ist meistens was nicht in der Ordnung«. Es geht bei solchen Gelegenheiten dann sehr feierlich zu. Jeder der fremden Geistlichen hat seine besondere Aufgabe; der eine predigt nur für die Ehemänner, der andere nur für die Weiber, der andere für die Jünglinge, der vierte für die Jungfrauen und endlich die anderen für die Kinder und für die Allgemeinheit. Besonderen Beifall hat diesmal der »Pater Superior« mit seiner Predigt über den Ehestand gehabt. Ehemänner und Weiber haben dabei in die Kirche hinein dürfen. Gestopft voll war es. Richtig hat er es ihnen gesagt, der Pater Superior, den Eheleuten. Es war ihm ausnehmend gut zum Zuhören:

»Was sind denn das für Zuständ' überhaupt, chrischtliche Zuhärer?« rief er mit seiner mächtigen Stimme und sein Gesicht ist rot geworden dabei: »Einfach Schindluader treibt's ihr mit dem heilign Ehstand? Ja — chrischtliche Versammlung — da muß ich denn dengerscht frögn, weil in einem furt Mail (Maul) aufgrissen werd und gegen ünsern Herrgott g'schimpft werd! — Da muaß ich denn dengerscht fragn: Wenn bei sowos der Staat, die Regierung, das Gerücht und die Polizei nicht eingreift und nichts macht, ja wen stehts denn nachher zua, daß er sein Mail aufreißt als ünserner römisch-katholischen Relügon und Kürche ...? Ist denn dös überhaapts noch chrischtlich? Da laaft er ihr davon, wenn's ihm nicht mehr paßt und sie iahm, — grad ois wia wenns keinen Herrgott nicht mehr geben tät' .. ?

Da meechte ich denn dengerscht Euch allen zurufen: Ös bleibts beianand, Mannsbülder und Weibsbülder, wo enk ünsa Herrgott z'sammg'heft hot durch die chrischtliche Kürche! ... Chrischtliche, in Herrn versammelte Brüder und Weiber, das geht nücht, daß'ts ös Huarerei treibts ... Es sünd üns schon verschiedene Sachen zu Ohren gekommen, meechte ich anführen ... Es ist bedauerlich, daß die Pfarrei Allkirchen, die wo frühers eine Muschterpfarrei gewösen ist, auf amoi ein solcherner Saustall ist!« Und mit gestrecktem Zeigefinger deutete er von der Kanzel hinab auf die Ehemänner: »Ös! Chrischtliche Ehemänner! Enker Seelsorger hat mir verschiedenes von enk verzöhlt! .. Habts ös denn gor keine Scham nicht, daß's ös enk von dö Gelüschten (Lüsten), dö wo dö Sommerfrischler aus der Stodt rausbringa, verfüahrn loßt's ..? .. Sowos grenzt schon an Gottesleesterung mit enk! ... Mit betriebten Herzen hat's mir enker Seelsorger berichtet, daßt's ös enk herbeiloßt's und solcherne Weibsbülder anschaugt's und enkern Herrgott ganz und gor vergeßts! ... Dö Weibsbülder?! Schaugts ös no amoi rächt o! .. Wos hot denn a solcherne o? .. Vorn ois offa und Reeke (Röcke) wia Schneuztüachln, do wo'st durch und durch siehchst! .. Grod ois wia wenn sie's direkt auf'n Sindenfall o'legn! .. Sowos, christliche Zuhärer, muaß zum Verderbn führn, wenn's ös dö nochmoi in enkerne Häuser loßt's! .. Vo der Höll is's und zu der Höll gehts! Amen!« —

Die Weiber linsten einander schadenfroh zu und freuten sich, daß er ihren Männern einmal richtig die Leviten las. Draußen vor der Kirche sammelte man sich und unterhielt sich ergiebig über die Ausführungen des Pater Superior.

»Dös is a Redna! .. Sowos? .. Der nimmt si koa Blattl vor's Mai,« sagte der Hingerl und die Reblechnerin lachte schief und meinte zu den Männern: »Der hat's enk g'sogt, ha!«

»Jetz i sog amoi sovui, wenn's koan Sindnfoi gebn tat, zu wos waar'n denn nachha dö Pfarra do? .. Es muaß wieda sowos aa gebn,« sagte der Gleim-Hans gelassen und fand allgemein Zustimmung. — —

»Freili! .. Lebn und lebn loßn! .. Dös hob i oiwai gsogt,« schloß der Hirn-Beni. —

III
Unser Glaube

Mit keinem Menschen in der ganzen Umgegend bin ich so gut speziell, als wie mit dem Lefflberger-Simmerl von Berflfing. Diese gute Speziellität schreibt sich davon her, weil es zwischen dem Simmerl und mir, solang wir uns kennen, noch nie kein Geheimnis gegeben hat. Es gibt aber auch keinen mitteilsameren Menschen, als wie den Simmerl und wenn man einmal sein Freund ist, erzählt er einem alles, die heikelsten und persönlichsten Sachen genau so wie die harmlosen. Zum Beispiel weiß bloß ich in der ganzen Pfarrei, warum der Simmerl kein Weibsbild mehr anschaut und daß Dir sowas ein Mensch erzählt, will doch schon allerhand heißen.

Nämlich einen Bruch hat er, gestand er mir, und das größte und beste Bruchband hilft bei ihm nichts, vor zirka einem Jahr war es das letzte Mal, daß er sein Glück bei einer versucht hat, der Simmerl. Das war die Köchin vom Rentamtmann Huglfinger von Ifflfing, da schaute es wirklich ganz handsam aus am Anfang. Bis dann die betreffende Nacht kam, wo die Huglfingerköchin in der Kammer zum Simmerl sagte, als er im Hemd vor ihr stand: »Ja moanens, mir graust etwa von gar nix?«

»Ja warum, wos is denn an mir, daß Sie mich net mögen, Frailein..?« versuchte der Simmerl mit der schlichtesten Arglosigkeit von der Welt zu fragen, aber es half nichts. Der Köchin grauste es und er ist schließlich abgezogen.

Seitdem will er nichts mehr wissen von den damischen Weibsbildern, der Simmerl. Bloß auf den Körper reflektieren sie und auf sonst radikal gar nichts. Auf keine Rechtschaffenheit, und ob einer hausen kann schauen sie erst recht nicht. —

Seine Rechtschaffenheit, sein Sparen und Hausen und daß er ein durchaus frommer Mensch ist, dies sind die eigentlichen Glanzseiten des Lefflberger-Simmerl. Warum er gerade der Religion eine solch ausnehmende Sympathie entgegenbringt, das hat einen echten, handfesten bayrischen Grund, der unbedingt überzeugt.

Auf meine diesbezügliche Frage nämlich antwortete er seinerzeit: »Jetz, i will Dir wos sogn ... Kaafst a Haus, host an Haufa z' toan und brauchst Geld ... A Weiberts wennd'st nimmst, kost Geld und verlangt woaß der Teifi wos vo Dir, aba d' Religion kost nix und tuat kein weh ... An Opferstock? ... Ja, do hob i oimoi dös ungülti Geld neig'worfa .. Woaß's und siechts je koa Mensch net ... Zum Herschenka hot ma doch nix heuntzutog ...« — —

Kleine Volksbelustigungen

Die Watschn

Die alten Bauern sitzen Sonntags beim Lechlwirt in Heimertshausen oder beim Unterwirt in Furt. Über den Tisch hinweg geht mancher Handel. Recht unterhaltlich ists oft. -

Der Harpfernist-Jakl ist bekannt im ganzen Gau als eine Art »Uralter«. Er hat einen Appetit, der schon zu manchen Wetten Anlaß gegeben hat. Er frißt Dir seine fünfundzwanzig Knödl ohne weitere Mühen. Und weil er von den »Uralten« einer ist, drum macht er alles, wenn ihm was versprochen wird. —

Neulich ist man wieder einmal beieinandergesessen beim Unterwirt. Der Lemmlinger, der Moosreiner, der Argelsberger und der Fingerer und der Bäcker Haunrieder von Furt. Und wo der Bäcker Haunrieder und der Fingerer dabei sind, da kommt meistens eine Lustbarkeit besonderer Art heraus. Das heißt, »besonderer Art« für Fremde. Für unseseinen ist sowas nicht weiter auffällig.

Der Harpfernist-Jakl ist auch dabeigesessen und hat bei der vierten Maß sein Geld gezählt. Und wie der Teufel sein wollte, es hat ihm nicht mehr gereicht. Und weil er gerade nicht übermäßig bezahlt wird beim Fischer Straußeder in Edering, der Jakl, so hat er zu jammern angefangen und sagt zum Fingerer: »Jetz g'langts mir nimma, Fingerer.«

Wehleidig kann er dreinschauen, wenn's ihm nicht mehr langt, der Jakl. Meistens fängt er dann mit einer herzzerreißenden Unnachsichtlichkeit zu jammern an. —

Der Fingerer hebt seinen grauen Schädel und linst mit den Augen, wie er immer linst, wenn er etwas Lustiges im Sinn hat.

»Jakl?« sagt er und der Jakl schaut ihn an.

»Ja? ... Fingerer?«

»Jakl? ... Mi beißt mei Bratzn (Hand) ... Wos muaß i Dir gebn, wenn i Dir a richtige Watschn (Ohrfeige) gebn derf?« fragt der Fingerer.

Alle sind bereits ein Interesse.

Der Harpfernist-Jakl besinnt sich und schaut den Fingerer ungläubig an. Er brummt unschlüssig hin und her. Den Vorschlag machen lassen, denkt er, ist besser.

»Jakl? .. Fünf Maß zoi i!« sagt der Bäcker Haunrieder, um die Sache in Fluß zu bringen. Der Jakl lacht ein wenig und sagt nicht Ja und nicht Nein.

»Siebn Maß, Jakl? .. Geh her, ös is glei g'schehng!« überbietet der Fingerer und zieht schon aus.

Aber, indem daß er denkt, sowas könnte noch was einbringen, sagt der Jakl noch nichts.

»I moan ... i moan, zehne ...?« bringt er endlich heraus: »Zehne, Fingerer? ... I' hoit mi ganz stad.«

»Zehne? ... Noja! Also zehne! ... Heb dei' Votzn (Gesicht) her! Aba richti!« gibt der Fingerer zur Antwort und — patsch! — haut er dem Jakl eine ins Gesicht, daß dessen Kopf sich buchstäblich auf die Seite dreht wie abgeschlagen.

»Bravo! Dös is oane g'we'n!« zollten alle Beifall, während der Jakl das Blut aus dem Maul spuckt, wobei etliche Zähne mitgehen. Und während sich alle auslachen, erholt sich der Getroffene wieder, richtet sich wehleidig auf und sauft gierig sein Bier ...

Bei der siebenten Maß hob der Jakl seinen geschwollenen Kopf und winselte: »I konn' nimma, Fingerer! ... I moan — — gib mir's Geld dafür, Fingerer ..?«

Aber da kommt einer zum Fingerer recht.

»Wos?! .. Wos?!! ... Du konnst nimma? ... Nachha zoi i aa nix mehr, basta! Wett' is Wett'! ... Entweder Du saufst deine zehn Maßn, Jakl, oder Du zoist Dir Dei' Zech,' selba!« schrie er und erhob sich schon, vollends verzweifelt trank der Jakl weiter, bis er stocksteif unter den Tisch fiel.

Neun Maß hat er außer seinen vieren noch hinuntergebracht und der Fingerer wollte nicht so sein, er hat in Gottesnamen die Zeche bezahlt, wenngleich die Wette nicht genau eingehalten wurde nach seiner Ansicht. — — —

Sechs Wochen hat der Jakl im Krankenhaus gelegen. Aber ganz Heimertshausen und ganz Furt hat gelacht über den Fingerer seinen Witz. — — —

Der Leberkäs'

Der Maunzinger-Feschl von Argelsried hat die Gewohnheit, jedesmal, wenn er nach Wachelberg zum Viehmarkt fährt, beim Unterwirt oder beim Moderbräu gehörig einzukehren, bis er so die richtige Bettschwere hat. Sein Weib ist, mit Respekt gesagt, eine Beißzang'. Aber mag sie auch noch so höllisch schimpfen, wenn der Feschl in einem solchen Zustand heimkommt, es macht ihm nichts aus.

»Nana-na! .. Na, sei stad, Oite! .. Ganz g'wiß tua i's nimmer! .. I sauf koa Hoibi (Halbe) mehr, sei stad … Do hob i Dir aa a schöns Stuck Leberkaas mitbrocht, Oite! .. Do, schaug,« brummt er stets, wenn er zur Tür hereinkommt. Und dann zieht er aus seiner Brusttasche so ein Pfund Leberkäs' heraus und gibt es ihr.

»A Sauhammi bist, daß 'd ös woaßt! … A bsuffas Wogscheitl bist …!« zetert die Genovev schließlich noch, aber, wie gesagt, der Leberkäs beruhigt sie. Sie ißt ihn für ihr Leben gern. —

Daß der Feschl jedesmal, wenn er beim Unterwirt oder beim Moderbräu einkehrt, in seiner Überziehertasche sein Pfund Leberkäs hat, weiß jeder. Lustige Leute kommen da immer zusammen, wenn Viehmarkt ist in Wachelberg, fidele Leut'. Und da hat jeder so seine Finessen im Kopf. Gern macht man einen saftigen Witz.

Also kurz und gut, wie der Feschl einmal wieder so sauft und sauft und langsam ganz gläserige Augen kriegt und zu plappern und zu rülpsen anfängt, steigt dem Fingerer der Übermut ins Hirn.

»Also Feschl, Du hoitst aa scho gor nix mehr aus! … Bei der fünftn Maß Bier loßt s'Mai hänga!« ermunterte er den Maunzinger: »I woaß's net … a rechta Krautrer werst jetz! Schaug mi o … Jetz hob i meine zwölf Maß! Kennst mir wos o? … I mach Dir noch, so wiea i bin, an Parademarsch vor ..«

Und das half. Der Maunzinger-Feschl betrank sich ärger denn je. Und bei dieser Gelegenheit haben ihm der Fingerer und der Lemmfinger den Leberkäs aufgefressen, und als er weg war, stand der Fingerer auf, nahm das leere Papier und sagte zum Moderbräuwirt und zu den anderen Bauern: »Jetz paßt's auf ... Jetz füll' i 'n iahm wieda, den Leberkaas« und ist in den Abtritt hinaus ...

Hinaufheben hat man ihn diesmal müssen auf sein Sauwägerl, den Feschl, so viechmäßig hatte er gesoffen. Und — nun ja, sein Rapp findet ja den Weg auch ohne ihn — heimgekommen ist er wie immer.

»Ja—ja, jetz Himmiherrgottsakrament! Du Saukerl, Du bsufferna! .. Ja—ja, jetz do härt si doch ois auf! .. Schaamst di denn gor net, Pfundhammi!« hat ihn die Genovev empfangen, als er schwer und plumpsig vom Wagen heruntertappte, der Maunzinger-Feschl.

Und wenn er seine Alte so keifen hört, wird er stets nüchtern. Schnell griff er in seine Überziehertasche und zog das Pakl heraus.

»Do — do schaug Oite! .. Sei stad, Oite! .. Do — do schaug .. üjupp ... üjupp—jüpp ... Do schaug, ganz warm is er noch, der Leberkaas,« sagte er stotternd und reichte der Genovev das Mitgebrachte. — —

Wenn Du ihn heute noch fragst, was denn dabei alles passiert ist, er kann sich absolut nicht erklären, der Feschl. Er weiß bloß, daß ihm seine Alte den Leberkäs ins Gsicht geschmissen hat und daß er gestunken hat wie ein ganzer Misthaufen. Seitdem kauft er keinen Leberkäs mehr. Unerfindlich ist ihm bloß, warum der Fingerer und der Moderbräuwirt allemal, wenn er einkehrt, so verschmitzt fragen, ob er denn der Genovev jetzt gar nichts mehr mitbringt ...

Harmloser Zeitvertreib

I

Bekannter noch als der Fingerer, ist der Pichelsberger-Michl in unserer Pfarrei. Er hat überhaupt nichts als Dummheiten im Kopf. Spötteln, die Leute zum Narren halten und lügen wie gedruckt, das kann keiner besser als er. Kein Mensch ist vor ihm sicher.

Neulich läuft ihm der zehnjährige Perschl-Irgl in die Hände und flennt und hält seinen verbundenen Backen. Ein echtes Bayerngemüt, wie es der Michl eines ist, fragt er interessiert: »Wos host'd denn Irgl, ha …? .. Host'd Zahnweh, ha?«

»Ja .. dös ganz Mai (Maul) tuat ma weh ..!« winselt der Irgl und macht ein wehleidiges Gesicht dabei.

»Paß auf, dös werd'n ma glei hob'n, Irgl … Geh weita,« sagte der Michl und der Irgl ging mit ihm in den Obstgarten vom Lederer. Eine bissige Februarkälte war an dem Tag.

»Wos wuist denn, Michi .. ? .. Wos suachst'd denn?« fragte der Irgl, als der Michl mit ihm so durch die Obstbäume ging, grad als wie wenn er den allergrößten heraussuchen wollte.

»Jaja, loß Dir nu Zeit … so jetza, jetz,« sagte darauf der Michl endlich und blieb vor dem großen Frauenbirnbaum stehen: »Jetz paß auf … Do steigst jetz nauf, bis i sog: Hoit! (Halt) und nachha sogst mir ois gnau noch .. na werst glei sehng wiea schnell ois Dei Zahnweh gor is ..«

Der Irgl stieg also auf den Frauenbirnbaum, bis ganz hinauf. Es fror ihn, daß er schlotterte da droben. Er winselte und jammerte.

»Hoit!« schrie der Pichelsberger-Michl drunten und der Bub schaute herab. »Aiso gnau! .. Wos i sog ..!«

»Ja—ja ..!« gab der Irgl wehleidig zurück und darauf schrie der Michl ganz langsam, grad wie wenn er das Litanei-Beten anfinge: »Mir tuat der Zahn weh.«

»Mir tuat der Zahn weh,« kams von droben jammernd.

Schon wieder fing der Irgl das Weinen an.

»Mir tuat er nimma weh ..« rief darauf der Michl abermals. Und stotternd und schlotternd gab der Irgl zur Antwort: »Mi—i—hir tu—at a ni—i—himma weh ..«

»No, na steigst owa, Irgl,« sagte kurzerhand der Michl und ging weiter. Plärrend und belfernd schrie ihm der Irgl nach, aber wenn der Pichelsberger-Michl einmal nicht mehr hören mag, dann mag er ganz einfach nicht mehr. — —

II

Gemütsaufwallungen kommen nur bei unseren Kindern vor. Beispielsweise, wenn eins in einen Glasscherben hineingetreten ist und recht plärrt oder wenn so ein »Bankert« zu weinen anfängt, weil er nicht mehr weiter weiß in dem Gedicht, das er zur Christbaumfeier oder beim Veteranentag aufsagen soll.

Nun ja, und daß die Weiber bei einer Beerdigung weinen, das gehört sich ja schließlich, das heißt natürlich, wenn selbige zur Familie des Verstorbenen gehören. Das hat man immer schon gemacht. Und so mag man dann auch nicht sein, daß man bei einer solchen Gelegenheit einfach stockstarr hinsteht und nichts dergleichen tut, als wie wenn eine Leiche ins Grab kommt. Das geht nicht. Da macht man eben das gewöhnliche Trauerversammlungsgesicht und betet die üblichen Vaterunser, wie es der Brauch ist. Damit hat sich die Geschichte gehoben. —

Aber das, was unsere Sommerfrischler seit neuester Zeit immer daherreden, das mit ihren Nerven, sowas gibt es bei uns nicht. Nerven, nervös! Das ist schon wieder sowas Neumodisches, so eine richtige Faulenzerkrankheit!

Da kommst Du grad recht zu den feinen Leuten! Die haben alle Daumen lang ihre neuen »Sekten«. (Einbildungen, Launen.) Die erfinden immer wieder was Neues, daß sie recht stinkfaul sein können und eine Ausrede haben. Dumm sind die ja soweit nicht! —

Aber der Hauptmann Hungersberger-Tochter, der hat es die Reblinger-Urschl ausgetrieben mit ihren Nerven! Erstens einmal spinnt die Hauptmann-Hungersberger-Vera nach unserer Meinung schon lang. Den ganzen Tag tut sie Klavierspielen in der Lehrer-Villa drüben und schreit dazu, als wie wenn sie wer gestochen hätte, rennt ein anderes Mal wieder herum von Haus zu Haus wie eine läufige Sau und redet auf die Leute ein, sagt sie hat Kopfweh und Nervenschmerzen und dies und das. Du kennst dich direkt nicht mehr aus, wenn sie zu reden anfängt.

Und zweitens ist sie so saudumm und so kindisch wie die Nacht finster. Sie ist also einmal zur Reblinger-Urschl gekommen, die Vera, und fängt da an zu jammern und zu winseln, weil sie sich in die Hand geschnitten hatte.

»Ach, um Gotteswillen! Was mach' ich denn?.. Was mach ich denn, Fräulein Urschi! Was mach ich denn bloß?! ... Schrecklich, dieses Bluten! .. Ich war ohnmächtig! .. Schauen sie bloß her, Urschi?«

Du kannst ihr sagen, was Du willst, glauben tut sie alles, die spinnerte Hauptmannstochter. Die Reblinger-Urschl schaute mit pfiffiger Interessiertheit auf die verwundete Hand. Ein Schnitt war es, nicht der Rede wert.

»Hmhm, hob'ns iahna gschnitt'n, Frai'n Vera .. hmhm, dös is aba dumm, hmhm,« sagte die Urschl: »Do? .. Do müäß'ns a Soiz (Salz) draufstrahn, Frai'n Vera .. Dös huift .. Recht guat neistreicha ... Do vergehts glei ..«

Auf der Stelle lief die Vera hinüber ins Lehrerhaus und streute Salz auf die Wunde. Die Reblinger-Urschl lachte wie besessen, als sie die damische Hauptmannstochter schreien hörte und erzählte es dem Michl und der Reblingerin und die lachten ebenso. Gleich die Tränen kamen der Reblingerin.

»Herrgott, is dir dös a damische Maz, a dappige, hahaha!« brummte der Michl und die ganze Woche hatte man was zu lachen beim Reblinger. Von da ab verbot der Hauptmann Hungersbeiger der Vera das Von-Haus-zu-Haus-laufen und heuer im Sommer war sie nicht mehr zu sehen. —

III

Irrtümlicher- oder böswilligerweise glaubt man wo anders von uns immer, daß wir zur Schlagfertigkeit zu langsam sind. Mitunter aber kannst Du das schönste Gegenteil davon erleben. Da geht es Dir genau so wie dem Amplezer-Ferdl neulich beim Moderbräu.

Beim Moderbräu ißt man bekanntermaßen das beste Gulasch vom ganzen Gau. Die Wirtin kocht selber und ist eine »rasse« Persönlichkeit. Die wenn was sagt, das sitzt.

Der Amplezer-Ferdl bestellte sich also ein Gulasch, brockte sich sein Brot hinein und fing das Hinunterschlingen an. Richtig wie ein gieriger Hund schlampt er alles hinein. Er beugt sich über den Teller, schaut nicht mehr hinum und herum, hört und sieht nichts mehr und frißt.

Auf einmal, wie er mitten im schönsten Aufgabeln ist, geht im Gulasch ein Fetzen von einem Abspüllumpen her. Die Moderbräuwirtin stand gerade am Küchenschiebfenster und der Ferdl zog den Fetzen extra auffällig mit der Gabel in die Höhe.

»Hja-a! .. Do schaug! .. Do is ja glei gor a Putzhodern drinn! .. Glaabst'n i friß Putzhoderngulasch!« fing er großmäulig zu spötteln an.

Aber zu der Moderbräuwirtin, da gehören andere Leute her als der Amplezer-Ferdl.

»Ja wart! Seiderne Tüachen (Tücherln) tua i da jetz na nei, Rüappi, plärrmailerter! .. Weilst es Du bischt!« gab ihm die zurück und schlug das Schiebfenster zu.

Nachwort

85 Jahre vergingen zwischen der zweiten und dieser dritten Auflage eines der frühen Erfolge Oskar Maria Grafs: Nach der Erstauflage im Jahre 1924 (die zweite übernahm 1925 in neuem Verlag und mit neuem Einband unverändert den Stehsatz) wählten er selbst und spätere Herausgeber immer wieder einzelne Geschichten für Zeitungen, Sammlungen und Werkausgaben aus und zerrissen den ursprünglichen Kontext der Geschichten. Die dritte Auflage nun bietet das »Lesebücherl« mit originaler Reihenfolge, gruppiert unter die wichtigen Oberbegriffe. Die so oft nachgedruckten, ihre Aktualität ganz offensichtlich wahrenden Texte werden endlich auch wieder in ursprünglicher Orthographie und mit genau der Zeichensetzung wiedergegeben, die Grafs differenziert-gestisches Schreiben bei Personenreden, zum Beispiel die Zahl der Punkte als Signale der Pausendauer, vor Augen führt.

Aber schon bevor das schmale Buch wie eine Art Steinbruch Graf'scher Kurzprosa ausgebeutet wurde, erlebte es eine besonders aufregende Geschichte (wenn auch später stets im Schatten des 1928 erschienenen, in zahllosen Ausgaben verbreiteten »Bayrischen Dekameron«). Sein früher Erfolg erschreckte den Autor: »Fröhlich weißblau lächelnd winkte mir aus jeder Buchauslage das verdammte Bücherl. Es war nichts dagegen zu machen.«[1] Statt der typischen Erfolgsseligkeit eines Anfängers erinnerte Graf in der späten Autobiographie »Gelächter von außen«(1966) seinen Widerwillen gegen jene »Firmierung«, die ihm das »Lesebücherl« einbrachte: Es legte ihn fest auf ›bairisches Erzählen‹. Dabei galt ihm »das Bayrische [als] nur *eine* Hälfte von mir, die andere unterschied sich sehr gründlich davon«.[2]

Das Bayern-Klischee des »bierkatholischen Analphabetentums als

---

[1] Vgl. Oskar Maria Graf, Gelächter von außen. 7. Kapitel.
[2] Ebd., 15. Kapitel.

Volkscharakter [...] bis hinauf zu Ludwig Thoma« war ihm schon früh ein Gräuel, und mit seiner für Ganghofer- und Thoma-Leser viel zu subtilen Ironie hatte er auch – leider erfolglos – versucht, dagegen anzugehen. Aber ebenso wie sein gebrochenes Heimatgefühl überforderte seine Erzählkunst das Publikum. Die Leser verbanden mit Dialekt und süddeutscher Mentalität eine unreflektierte Vitalität. Selbst über dumpf-traurige Verheiratungsgeschichten wie »Liebet einander...« oder die hilflose Protestaktion des Huglberger-Michl hat man sich schrankenlos amüsiert; der von der Kirche politisch instrumentalisierte Konservatismus der Bauern oder deren Misstrauen gegen die Gendarmen galten als fraglos komisch – statt auch als warnende Anklage. Dass Aufklärung als Bedrohung gefürchtet wurde und dass man »D'Judn und an Hitla« zu *einer* »Bagasch« verrührte, war Anlass für ein Verlachen, das Graf auf den Vorwurf seines Freundes Sergej Tretjakow[3] hin einmal als eine Art nationalen Humors, eine Art ›Gelächter von innen‹ zugestand – für sich vertrat er, wie bekannt, das »Gelächter von außen«.

Aber das humorvoll-bayrische Erzählen brachte Honorare ein, und Graf nützte den Erfolg weidlich aus. Indem er sich jedoch seine Rolle als »unorientierter Provinzschriftsteller« erfand und die Anfertigung von Texten jeder Art offerierte, konnte er für differenziertere Leser seine Marktverweigerung subtil zur Schau stellen: Mit dem ironischen Angebot seiner »Spezialität: Ländliche Sachen« unterlief er die Festlegung seiner »Firma« und versilberte gleichzeitig Geschichten aus dem »Lesebücherl« als Beilage zu Zigarettenpackungen: Sie verschafften auch Gratis-Nachschub für den passionierten Raucher.

In gewisser Weise erfüllte Graf mit seiner Publikationsmethode auch den Grundsatz seines Verleger-Freundes Wieland Herzfelde, der »Frühzeit« und »Zur freundlichen Erinnerung« herausgebracht hatte: »Je mehr Gleichgesinnte [das hieß: sozialkritisch-linke Autoren] in bürgerlichen Verlagen erscheinen, desto besser.«[4]

Graf unterlief aber nicht nur die Programme bürgerlicher Verlage, sondern auch eine seinerzeit eingebürgerte Gattung: die Heimatliteratur, die bewusst die Provinz verklärte und ganz auf Politik- und

---

[3] Vgl. Sergej Tretjakow, Oskar Maria Graf. In: Jahrbuch 1997/98 der Oskar Maria Graf-Gesellschaft. München 1998, S. 71–111; hier S. 87f.

[4] Ulrich Faure, Im Knotenpunkt des Weltverkehrs. Berlin und Weimar 1992, S. 184.

Stadtferne gestimmt war. Doch unter dem harmlos klingenden Titel »Lesebücherl« verbergen sich politisch brisante Episoden: Hitler galt nach dem misslungenen Putsch von 1923 nur wenigen als so erwähnenswert wie Graf, der auch schon früh den bedrohlichen Antisemitismus in seinen Texten aufscheinen lässt.

Von der Widmung und den »Wahlbegebenheiten« der ersten bis zur vorletzten Abteilung »Bayrische Frömmigkeit« strahlen politische Themen durch das Buch. Ein Leitthema aus dem zwei Jahre zuvor bei Malik/Herzfelde veröffentlichten Erzählband »Zur freundlichen Erinnerung«: Erniedrigungen in städtischem Milieu, changiert hier zwischen amüsiert und empört, es ist vor allem aber auf dörfliche Arbeitszusammenhänge und den Dialekt begrenzt. Damit antizipiert Graf seinen späteren Milieuwechsel für zeitgeschichtliche Themen: Die Anfänge der NS-Zeit im Roman »Abgrund« (1936 bei Malik, London) verlegte er in »Unruhe um einen Friedfertigen« (1947 bei dem von Herzfelde aufgebauten Aurora-Verlag in New York) von der Stadt in ein bayrisches Dorf: Als ein im Vergleich zum »Abgrund« gelungenerer Roman gewinnt »Unruhe« gerade durch diese Beschränkung aufs Land an Gültigkeit. Das »Bayrische Lesebücherl« hat auch eine viel weitere Resonanz als »Zur freundlichen Erinnerung« geerntet.

Die sozialen und politischen Hintergründe der oft beschränkt wirkenden Erzählstoffe vermittelt das »Lesebücherl« durch den Zusammenhang der Texte; viele Bezüge überbrücken die Schilderungen groben Schabernacks, wie den »Harmlosen Zeitvertreib«. So widerlegt die sprachlose Trauer des verstummenden Witwers am Ende von »Es stirbt wer…« den Beginn der Erzählung: Als Schulweisheit wird dort ein eugenisches Programm zitiert – »das Gescheiteste« wäre, einen Kranken gleich sterben zu lassen. In »Handelschaften« blamiert die Bauernschläue die herablassend-anbiedernde Besitzgier eines Adligen; und »Der Held« reduziert entschieden das Soldatenbild, das während der zwanziger Jahre half, den NS-Staat vorzubereiten. Zusammen mit der »Kriegerdenkmals-Enthüllung« aus den »Öffentlichen Anlässen« spiegelt diese Geschichte – der Titel ist der Zentralbegriff auf den damals inflationär in Bayern errichteten Kriegerdenkmälern – in individueller Beschränkung die bedrohliche Zeitgeschichte. Das heißt, bewusst gestaltete thematische Verweisungen heben das Buch auf ein Niveau, das die traditionellen Schnurren eines Georg Queri und anderer Beiträger zu den verschiedenen Journalen der Zeit nicht angestrebt haben.

Zwar hatte Graf schon als 17jähriger beim Piper-Verlag soviel Schnurren eingereicht, dass sich der Verleger am 18. Januar 1912 bei Queri erkundigte »Kennen Sie den Autor?« und zusätzlich erklärte, er werde mit Geschichten des ihm noch unbekannten Autors dem gerade in Druck befindlichen Queri-Buch keine »Konkurrenz machen«. Graf konnte dann erst Jahre später in der »Jugend« und in Berliner wie Münchner Zeitungen seine Kurzgeschichten veröffentlichen, von denen er allerdings nur wenige ins »Lesebücherl« aufnahm. Der »Simplicissimus«, an den Graf sich selbst als einen frühen Erscheinungsort erinnert, hatte damals noch kaum Texte von ihm gedruckt.

Es waren diese verstreut erschienenen Erzählungen, die nach Auskunft ihres Autors den Verleger Gunther Langes zu einer Zusammenstellung anregten. Dass das »Lesebücherl« schon 1925 in einen neuen Verlag wechselte, mag mit der Kurzlebigkeit des Verlages von Gunther Langes zusammenhängen. Der Verlag ist sonst kaum nachgewiesen. Andererseits ist überliefert, Graf habe der vom berühmten Simplicissimus-Zeichner Eduard Thöny gezeichnete Einband missfallen. Der karikierte aus einem Wirtshaus kommende, torkelnde und sich erbrechende Bauern.

Titelbild der Erstausgabe von 1924   *Titelbild der 2. Auflage von 1925*

Die zweite Auflage des »Lesebücherls« erschien 1925 im Drei Masken Verlag, der 1927 Grafs Erfolgsbuch »Wir sind Gefangene« brachte: Der Einband dieser zweiten Auflage des »Lesebücherl« zeigte ein Bauernpaar unter einer bayrischen Fahne.

Die Ironie der Geschichte wollte es dann, dass Grafs letztes zu Lebzeiten erschienenes Buch, eine Erzählsammlung, für die er auf den erfolgreichen Titel »Bayrisches Lesebücherl« zurückgriff, mit Thöny-Einband und 20 Thöny-Zeichnungen ausgestattet war. Es erschien 1966 im Fackelträger-Verlag (Hannover), in dessen Programm Erich Kästner, Heinz Erhardt und andere Humoristen, dazu viele Karikaturisten standen. Graf wählte nur zwei Geschichten des früheren »Lesebücherl« für die neue Ausgabe aus: »Wart' no«, das er inhaltlich sehr vergröberte und unter den Titel »Laß hängen, was hängt« stellt, und »Andachts-Idyllen«, mit neuem Titel »Echte Frömmigkeit«. Alle anderen Erzählungen dieser Neuausgabe sind seinen »Kalendergeschichten« und weiteren Sammlungen entnommen. Der Untertitel »Von Früherszeiten bis heutzutag« zeigt die im Vergleich zur Erstauflage viel weniger differenzierte Gliederung in zwei vom Ersten Weltkrieg getrennte historische Abschnitte an. Man vermisst darin die politische Thematik.

Bei Erscheinen des neuen »Lesebücherls« hatte Graf schon fast 33 Jahre lang im New Yorker Exil gelebt, trotz der Besuche in der BRD hatte er in der Restaurationsphase offensichtlich seine Adressaten verloren, es fehlt auch eine Widmung.

Erst in dieser letzten Ausgabe kommt er Erwartungen an den regionalen Humor entgegen, die er eigentlich als ›antibavaristisch‹ verworfen hatte. Den »Antibavarismus« – dass »uns die ganze Welt als ein Volk von ›blöden Seppln‹ ansieht«[5] – verstand und verabscheute er als eine von den Bayern selbst gepflegte Haltung. Aus dem Exil hat er diese Erwartungen dann doch bedient.

Umso wichtiger wird damit die Wiederveröffentlichung der Erstfassungen.

Ulrich Dittmann

---

[5] Vgl. Anm. 1.

Editorische Notiz

Das »Bayrische Lesebücherl. Weißblaue Kulturbilder« erschien erstmals 1924 im Verlag von Gunther Langes, München. Unsere Ausgabe gibt die ursprüngliche Fraktur in Antiqua-Schrift wieder, sie übernimmt die Übersetzungen aus dem Dialekt und folgt in Orthographie und Interpunktion der Erstausgabe, auch bei Inkonsequenzen in der orthographischen Wiedergabe von Dialektwörtern. Offensichtliche Druckfehler wurden stillschweigend korrigiert, Eigenwilligkeiten der Interpunktion und Sperrungen, die für das mündliche Erzählen wichtig sind, wurden beibehalten.